Schräglagen und Wehklagen

Herstellung:
Books on Demand GMBH
Titelgrafik:
Helmut Wicht
Satz und Layout:
Raoul Donschachner
Umschlaggestaltung:
Raoul Donschachner

Lach mal! Verlag 2005

ISBN: 3-9810128-0-1

Für Cato Uticensis,
wegen „Victrix causa deis placuit, sed victa Catoni".

„Den Göttern gefiel die siegreiche Sache, dem Cato aber die besiegte."

Für Cato Uticensis,
wegen „Victrix causa deis placuit, sed victa Catoni".

„Den Göttern gefiel die siegreiche Sache, dem Cato aber die besiegte."

Inhalt *(Kurzgeschichten – die Gedichte sind dazwischen eingestreut)*

Prolegomena

Vorauszuschicken wäre vor allem, dass „Prolegomena" „Vorauszuschickendes" bedeutet. Sie merken schon, was auf Sie zukommt. Die gesammelten autoreferentiellen Kalauer[1] eines geschwätzigen Zwerges[2] mit Latinum[3] und einer Vorliebe für Fußnoten[4].

Das mit den Fußnoten, das wird sich im Laufe der Lektüre[5] bessern. Schon deshalb, weil all die Texte, all die Prosa, all die Lyrik, die den Körper dieses Textes bilden, ihrerseits eigentlich nur Fußnoten sind. Fußnoten, Glossen, Satiren, Gedichte und Kurzgeschichten, hauptsächlich übers Motorradfahren und –schrauben. Es wäre also von Vorteil, wenn Sie irgendeinen Bezug zu jenen zweirädrigen Maschinen hätten, über manches lacht sich's dann leichter.

---

1) autoreferentiell: „sich auf sich selbst beziehend". Passt insofern nicht ganz hierher, als die meisten Texte, die sich im Folgenden finden, sich nicht mit Autos, sondern mit Motorrädern beschäftigen. Womit auch das Wesen des Kalauers, des dumpfen Wortwitzes, erläutert wäre.

2) Zwerg: „Besieht man es bei Lichte, sind alle Zwerge Wichte". Harmlose Daseinsform, im Dunklen hausend, zur Spötterei neigend. Darin Ovids Fröschen ähnlich: „Quamvis sunt sub aqua, sub aqua maledicere temptant".

3) Latinum, großes: ein Zustand, in den man gelangt, wenn man als Pubertierender nur lange genug im Ozean der Schriften von Caesar, Cicero und Ovid zu schwimmen gezwungen wird. Irgendwann säuft man ab und gelangt in die Position von Ovids Fröschen: „Obwohl sie unter Wasser sind, versuchen sie von dort unten immer noch zu schimpfen". Quakwaquakwaqua. Kennen Sie diesen wunderbaren gezeichneten Witz? Eine Stehparty, lauter Männer im Anzug, Frauen im kleinen Schwarzen ... dazwischen ein Herr in Toga mit Purpurrand und mit Lorbeerkranz auf dem Kopf, der sich angeregt mit einigen Partygästen unterhält. Bildunterschrift: „Volker hatte ein SEHR grosses Latinum." Prolegomena ist allerdings griechisch. Am Graecum mangelts mir.

4) Fußnote: ähnelt nicht nur sprachlich der Duftnote, sondern enthält auch in Texten meist das, was der Autor der Öffentlichkeit nicht unvermittelt zumuten will. Ein inniges Verhältnis zum Autor ergibt sich durch Lektüre seiner Fußnoten. (Sie haben, gnä' Frau, eine Beziehung zu einem Mann? Ja? Und Sie geruhten schon neben ihm zu ruhen, nachdem er sich entschuhte? Ja? Dann verstehen Sie mich sicherlich. Das ist die Fußnote. Das ist Intimität, das ist Liebe.)

5) Lektüre: von lateinisch: „lecturus, -a, um," = „das, was gelesen werden soll". Überhaupt hat man ja als Autor einen Bildungsauftrag. Sagt ja auch der Herr Reich-Ranicki. Einfach nur lesen gilt nicht. Das richtige zu lesen, aus dem Füllhorn der Literatur jene Früchte zu wählen, die süß und zuckrig genug sind, um dem Gegner im Gespräch oder Schriftwechsel die Zunge zu verkleben: darum geht's.

Warum Motorräder? Ganz einfach: weil ich mehrere[6] von diesen Dingern habe und einen Gutteil meines Lebens mit ihnen verbracht habe. Zum besseren Verständnis der Texte sollte ich anmerken, dass ich verschiedene Arten von Motorrädern besitze: eines, das meine Frau („die Holde") ausgesucht hat, es handelt sich um eine Honda Varadero in freundlich uringelber Farbgebung, ein Gebirge aus Plastik, Gummi, Stahl und Leichtmetall. Aber bequem und schnell - wie gesagt, die Holde hat einen Sinn für's Praktische. Die anderen hab' ich mir selbst ausgesucht und in großen Teilen auch selbst (um)gebaut: italienische Grazien namens Moto Guzzi, jedoch schon ein wenig angejahrt, reife Damen also, so Mitte dreißig. Pflegebedürftig, denn ich hab' einen Sinn fürs Unpraktische.

Die Texte und die Gedichte, die folgen, sind im Computer entstanden. Tatsächlich in und nicht nur an ihm (denn fast jeder Text wird heut' ja an einem Bildschirm geschrieben), denn der Computer, genauer gesagt: das WorldWideWeb hat erst das Forum bereit gestellt, in dem und für das die Texte ursprünglich geschrieben wurden. In einer stilleren, unbebilderten Ecke des WorldWideWeb nämlich, im sogenannten Usenet, finden sich Diskussionsforen („Newsgroups") zu allen möglichen und unmöglichen Themen, in allen Sprachen der Welt und darunter freilich auch eine deutschsprachige, die sich Motorrädern widmet. Sie heißt de.rec.motorrad („drm"). Eine „Unterhaltung" in drm läuft so ab: jemand stellt eine Nachricht („Posting") zu einem bestimmten Thema („Subject") in die Newsgroup, jedermann kann sie lesen und seinen Senf in Form eines Folgepostings dazugeben.

---

6) Eigentlich wär' ein Motorrad genug, man kann ja schlecht auf zweien zugleich fahren. Typische männliche Begründung für die Anschaffung des zweiten: das passende Motorrad zum passenden Anlass. Typische Begründung für die Anschaffung des dritten: Ersatzteillager für das zweite. Typische Begründung für die Anschaffung des vierten: „Schatzi, die bau' ich für dich auf!". Ab dem fünften unterbleiben Begründungen, und Frauen, die einen Faible für's Schuhesammeln haben, sollten sich einen Motorradsammler als Lebenspartner suchen („Schatzi, die trag' ich nur für dich!") Falls in der Familienkasse noch genügend Geld für Schuhe übrig bleibt.
Motorräder sind nämlich teurer als Schuhe (obwohl, wenn ich da an die Krokolederstiefel damals in Las Vegas denke ... Leistenkrokodil, so genäht, dass die beiden leistenartigen Hautpanzerstege, die sich beim Krokodil an der Schwanzspitze treffen, genau die Spitze des Stiefels bildeten ... ein Traum von einem Stiefel, sag' ich Ihnen. In krokodilgrün. Und mir – denn ich hab' Biologie studiert – völlig angemessen. Denn man muss ja als Biologe auf die bedrohte Tierwelt aufmerksam machen, wo man geht und steht. Aber ich schweife ab ...)
Wo war ich? Ach ja, bei der Familienkasse. Achten Sie, gnädige Frau, auf die Kontoauszüge. Sofern er die verbirgt, achten Sie auf seine Fingernägel. Solange sie noch schwarz sind, ist alles im grünen Bereich: dann hat er noch was zu schrauben, und das Geld für das, was er grade verschraubt, ist ohnehin unwiederbringlich verloren. Läuft er aber längere Zeit mit sauberen Fingernägeln durch die Gegend und sagt Dinge wie: „Ich geh' nur mal kurz in die Garage, was überlegen ...", dann wird's kritisch. Dann hat er nämlich nichts mehr zu tun und kontempliert die nächste Schandtat. Sie sollten unter diesen Umständen ganz schnell Krokodillederstiefel kaufen.

Jeder andere kann dann wieder aus seiner Senftube Senf zum Senf des Vorredners an die Newsgroup senfen – ähh, 'tschuldigung: senden – und der Vorredner oder sonstwer wiederum seinen Erwiderungssenf usw.usf. So entstünde ein ungenießbarer gelber Brei, wenn nicht die segensreiche Computertechnik das Chaos bes(a)enftigte, indem sie die Senfkleckse säuberlich sortierte. Jedermann kann jederzeit sehen, wer wem was wann antwortete, die Postings werden am Bildschirm säuberlich in Rede, Gegenrede und Replik sortiert dargestellt: es bildet sich ein verzweigter Gesprächsfaden („Thread"), der es auch dem später Hinzukommenden erlaubt, die Unterhaltung nachzuverfolgen.

In diesem Medium[7] sind meine Texte entstanden, sie sind also zum Teil Repliken auf anderer Leute Ausführungen. Die aber sind hier nicht mit dabei, und wenn man nichts unternähme, würden viele meiner Texte zusammenfallen wie hilflose Marionetten, denen die Fäden abgeschnitten wurden, die zu Ihnen führten. Damit eben das nicht passiert, hab' ich bei einigen Geschichten kurze (kursiv gesetzte) einleitende Sätze hinzugefügt, die den Gedankenfaden, an dem sie ursprünglich hingen, erneut zu flechten versuchen. Und freilich sind die Geschichten auch voll von Newsgroupjargon, der eigentlich nur den Insidern verständlich ist. Das hab' ich zum Vorwand genommen, noch reichlich Fußnoten einzubauen, die den Jargon entzaubern.

Na, dann: lesen Sie mal und „ridere aude".[8]

---

7) Dieses Medium, diese Form der Kommunikation - die wirklich erst durch den Computer möglich wurde - folgt anderen Regeln als die klassischen Arten des Informationsaustausches. Die Zeitbasis ist eine ganz andere: das Gespräch von Angesicht zu Angesicht erfordert Schlagfertigkeit, rasche Auffassungsgabe und Eloquenz. Im Sekundentakt fliegen die Argumente. Der Briefwechsel (sei's klassisch oder per email) lässt uns die Zeit, unsere Gedanken zu sortieren. Wochen mögen verstreichen, bevor man sich dazu aufzuraffen beginnt, darüber nachzudenken, ob man seine wohl geordneten Worte vielleicht zu Papier bringen möchte ... meist lässt man's dann doch bleiben, und die Erbtante verstirbt, ohne dass man ihr je zum Geburtstag gratuliert hätte. Ein Thread in einer Newsgroup hingegen ist meist nur Stunden bis Tage lang „lebendig": der Schlagfertige kann im Minuten- oder Sekundentakt Argumente mit den „Gesprächspartnern" austauschen, der Liebhaber geschliffener Formulierungen kann sich ein paar Stunden oder gar Tage Zeit lassen, seinen Senf formvollendet einzutuben. So können Fallen gebaut, Sophismen geschmiedet, Paradoxa gebastelt werden ... kurzum, ein Paradies für Leute, die gerne mit Sprache und Gedanken spielen und die Freude an literarischen Kommentkämpfen haben.
Ach ja: Hin und wieder findet man bei de.rec.motorrad auch handfeste Informationen über Motorräder und alles, was damit zu tun hat.

8) ridere aude: lateinisch für: „Wage zu lachen!". Man mag sich in der Tat fragen, ob eine Welt, in der man Humor braucht, um in ihr zu überleben, nicht einen ernsthaften Webfehler hat. Weiterführende Lektüre zu diesem Thema gibt's bei meinen Frankfurter Miesepeter-Kollegen, dem Herrn Privatdozenten Arthur Schopenhauer und dem Herrn Professor Theodor W. Adorno. In jeder besseren Buchhandlung.

Lobrede auf's Harleyfahren - Begründung des Verkaufs derselben

Eigentlich macht auch Harley-Fahren Spaß (ich red' hier von meinem Shovel, 1200cc, oregenol schätzungsweise 35 PS am Hinterrad, aber sicher über 6 Zentner Lebendgewicht). Vor allem formt es das Gute im Menschen. Es erzieht zur Toleranz (wenn man zettBe von einer sagen wir mal CB900RR verblasen wird), man hält auch noch die andere Backe hin (wenn nämlich dann noch die 125er Hyundingsbums vorbeizippt), man wird auf die Dauer fromm und brav wie ein Lamm („nein, Herr Wachtmeister, untertänigste Entschuldigung, ich kann mir überhaupt nicht erklären, wieso ich nicht gemerkt habe, daß der Schalldämpfer nicht serienmäßig ist etc.p.p. ..."), man hält sich fern von allen Lastern (weil man auf der Landstraße kaum an einem vorbeikommt), man praktiziert unterwegs auf der Autobahn Nächstenliebe („Wo ist nur die nächste Raststätte, mir tut dermaßen der Arsch weh ..."), und man pflegt generell das WAHRE („ ... WAHR das Teil nicht noch 'dran, bevor ich losgefahren bin?"), das SCHÖNE („ ... ach, Herr Wachtmeister, verSCHÖNEnse mich doch vor noch 'ner Mängelanzeige!") und das GUTE („ ... GUTEr Gott, 700 Eier für'n Bananenbremssattel aus'm WWW-Katalog? Ist der von Eric Buell handgedengelt?")

Stimmt plus/minus alles. Was aber auch stimmt, mehr als bei allen anderen Motorrädern, die ich je hatte (und das waren nicht wenige) ist das Feeling. Es ist eigentlich das einzige, was so ganz 100% hinhaut, wo die Harley (vielleicht mehr als jedes andere Krad) ihr Plansoll nicht nur erfüllt, sondern übererfüllt. Ich weiß, KLISCHEEEEEEE: mit'm Harley-Shovel durch die kalifonische Wüste immer gradaus in den Sonnenuntergang fahren. Oder andersrum, in den Sonnenaufgang. Habbich gemacht, jahrelang, ist besser als ein religiöser Erweckungstrip. Unter dir donnert das Eisenross, es hämmert dir das Stakkato seiner Vibrationen in jede Faser und brüllt über die offenen Rohre sein Lied in die Wüste, bis alles, du, das Krad, die Wüste, die Sonne, der Ocotillo am Straßenrand, die Straße, die Mesa, die Badlands, die Washes, die Hitze und der Fahrtwind, bis das alles zu einer großen Vibration wird, kein Innen, kein Außen, ozeanisches Gefühl (... ich sag doch: KLISCHEEEE, „fire all of your guns at once and explode in the sky" ...

Steppenwolf). Dieselben Touren auf 'ner Suzuki GS 750 gemacht: funktioniert nicht. Harley fahr'n in Deutschland: Na ja. Macht immer noch Laune, aber irgendwie: mehr so nostalgisch, Wüstenheimweh. Deshalb sollse weg.

De Harley-Davidson Blau (Hessische Version[9])

(Jaja, ich hatt' auch eine Zeitlang 'ne Harley. Einen alten Shovelhead, Baujahr 1977)

Au, au, au, au, au
mir is heid so blau
mei Pfode sinn schwazz
mei Klamodde verwadzt
des Ding duht net faan
unn steht als dehaam

Ref.:
Des is de Harley-Davidson Blues
und ewisch denk ich: „sie duht's!"
awwer trotzdem ich als widder dran bau
waas mer's nie so ganz genau
unn des Ding steht als in de Garaasch
des Krad des is e Blamaasch
es is als fort was anners am Aasch

---

9) Ich bin ein Landsmann Goethes, ein Hesse, ein Frankfurter. Ich kann's nicht leugnen, wenn auch der schwerlastende Schatten des Genies das funzlige Kerzchen meiner eigenen sprachlichen Bemühungen zum Blaken bringt ... zum Veräppeln langt's:

(Feuchtfröhlicher Betriebsausflug der Goethe-Imitatoren)

Fast alle Kollegen
sind zu
und im Bregen (norddeutsch für „Hirn")
spürest Du
auch schon den Hauch.
Die Kumpels labern nur Gülle:
Warte, nur schnülle,
lallest Du auch.

Die Brems vorne geflickt
spielt die hinne verrickt
hab' ich des repariert
is die Zündung krepiert
unn wie die widder ging
war de Vergaser hin

Ref.

Im Vergaser, weit drin
war e klaa Feddersche hin
hab' des Bröggsche bestellt
denk' des kost' ned die Welt
aus'm gelobte Land
per Nachnahmeversand

Ref.

Bin zum Postamt geschlappt,
denn wer Harley fährt, dappt
fraacht der Mann hinnerm Schalder:
„Haste Knete, mein Alder?"
ich saach: „En Hunni is da."
unn er sacht: „Ich brauch zwaa."

Ref.

Bin zur Sparkass getrippelt
denn wer Harley fährt, dippelt
fraacht die Fraa an de Kass:
„Brauchsde Knede, mein Schatz?"
ich saach: „En Hunnerder, ja!"
sie sacht: „Es is nix mehr da!"

Ref.

Bin haamzus gelaafe
mer sollt kaa Harley kaafe
im Fall mer will fah'n
da dät mer was spa'n
fir Schuster und Sohle
unn beim Broggehole

Ref.

Dehaam aagekomme
hab' ich de Hammer genomme
damit ich des Dreckding zerklopp
da guckt die blond Bobb
vom Haus nääweaa
in mei Garaasch enaa

Ref.

„Ich will ja seit Jah'n
uffener Harley mal fah'n
dahinne druffhogge
im Fahrtwind die Logge"
ach wer des net schee ...
schon sach ich okee
und verkaaf mei letzt Hemd
damit die Kist' widder rennt

Biker's Lament

(melody: Norwegian Wood by the Beatles)

I once had a bike
or should I say:
she once had me?
Oooh, purdy[10] she was
ahan' her name
it was Harley.
I asked her to run but she would not even give a fart
hours I spent tryin' to fix her in myhy back yard ...

Fin'lly I got in WUT (Rage)
set her on fire.
Burned really good.

Still, made bucks outta the scrap:
I sold the cinders
to another DEPP (Fool).

10) purdy: Slang für „pretty"

Prophezeihung der Wahrheit über den Millenium Bug

(Der „Millenium bug" war der geradezu hysterisch beschworene, jedoch nie eingetretene Absturz aller Computersysteme in der Silvesternacht des Jahres 1999 - zu diesem Thema erschien kurz vor der Jahreswende die folgende quasiprophetische Kurzgeschichte in mehreren kurzen Kapiteln, durch Überschriften sinnvoll gegliedert. Sie ist nicht völlig daneben, es kommen Motorräder drin vor. Dauert nur einen Moment.)

Von der Sorglosigkeit der Herde

Wirklich, es ist unglaublich, mit welcher Fahrlässigkeit hier in drm über das Problem des Jahrtausendkäfers hinweggegangen wird. Kein Wort dazu in den letzten Monaten! Wenn ich daran denke, wird mir ganz kribbelig, als ob, ja, tausend Käfer über mich kröchen. Dann kann ich gar nicht einschlafen.

Vom Beginn der Vision des Propheten

Gestern nacht, als ich wieder schlaflos, von zweitausend Käfern bedeckt, im Bett lag, erschien mir in einer Gloriole ein Herr im Blaumann. Wie sich kurz darauf herausstellte, war's der heilige Eligius.
„Ich komme", sprach er, „vom GeVau, Dir zu vergegenwärtigen das Vergangene, Dir zu zeigen die Zukunft, und schließlich um DICH auszuschicken als Propheten zur Herde des GeVau."
„Uiii", sagte ich, richtete mich im Bett auf und schüttelte die Käfer ab, „Prophet, das liegt mir, aber wer, bitte, sind SIE?"
„Ich bin", gab der heilige Eligius zur Antwort, „wie mein Name schon sagt, der heilige Eligius. Angestammter Schutzheiliger der Kutscher und Schlosser, wie in jedem Lexikon der Heiligen nachzulesen. Aber, na ja, die Kutscher werden rar, also hab' ich jetzt vom Chef die Motorradfahrer dazu gekriegt. Man kann sich seine Kundschaft halt nicht aussuchen ... Sie dürfen Eligius zu mir sagen."

Von den Zweifeln des Propheten, den Wundertaten des heiligen Eligius und der Offenbarung der Gottheit

„Soso", sagte ich. Diese Ausführungen des Gastes ließen im Innern meines Gemüts doch gewisse Zweifel an der Seriosität der Erscheinung keimen. Als könne er Gedanken lesen, zerstreute der heilige Eligius meine kleinmütigen Vorbehalte sofort, indem er aus den unteren Teilen seiner Gloriole einen großen Ölfleck aus SAE50-Einbereichsöl auf meinen Teppich vor dem Bett absonderte.

„ ... mein Spezialgebiet sind übrigens alte Harleys und Engländer", sagte er dazu. Daraufhin schmolzen und verrauchten meine Zweifel wie Fettflecken auf einem heißen Krümmer.

„Das", sagte ich, „ist eine beeindruckende und ihrer Spezialisierung angemessene Sauerei."

„Nicht wahr!", gab der heilige Eligius fröhlich zurück und warf, zur Bestätigung, noch ein paar zöllige Schrauben mit ungewöhnlichen Vorkriegsmaßen ab. Meine Bitte um Draufgabe einer kompletten Brough Superior wurde abschlägig beschieden, vielmehr erklärte er:

„Bescheidenheit ziemt sich für den Propheten des GeVau! Über 'ne Suzuki GS 400 könnten wir reden, der GeVau hat da noch ein paar gut gebrauchte Kutschen 'rumsteh—"

„Nein danke", fiel ich ihm ins Wort, „und wer, zum Teufel, ist der GeVau?"

„Unwissender, kleingläubiger, gottloser Gierschlund! Mehr als die GS gibt's nicht und der GeVau ist selbstverständlich der Große Vergaser, die dreieinige Gottheit der grobschlossernden Kradfahrer: Vergaser, Chrom und eiliger Geist."

„Gut", sagte ich, „ich nehm' die GS."

Von fortgesetzten Wundertaten des Heiligen Eligius

„Die GS", erkärte Eligius, während sich das Ding in dem Ölfleck vor meiner Schlafstatt materialisierte, „die GS braucht TÜV neu und hatt'n bisschen wenig Öldruck, aber nix', was man beim nächsten Ölwechsel nicht mit 50er-Einbereichsöl hin bekäme – Moment, ich mach' das mal schnell ..." „Neeeeiiin!", schrie ich eingedenk des bereits vorhandenen, riesigen Ölflecks auf dem Teppich, aber es war zu spät, das Folgende geschah in Windeseile. Auf einen Fingerschnipp von Eligius wand sich die Ölablassschraube aus ihrem Gewinde, fiel zu Boden und schmutziges 15W-40 ergoss sich zu SAE 50. Ein weiterer Fingerschnipp des Schutzheiligen der

(Grob)schlosser, und die Ölablassschraube drehte sich wieder ein (mit einem leicht knirschenden Geräusch; erst heute morgen fiel mir auf, dass er eine der herumliegenden zölligen Schrauben erwischt und in das metrische Gewinde gemurkst hat..). Erneut schoss ein Strahl SAE 50 aus dem unteren Teil seiner Gloriole, zielgenau auf die Öleinfüllöffnung gerichtet. Es wäre kein Tropfen daneben gegangen, hätte er nicht vergessen den Stopfen vorher herauszudrehen ...
„Uuups", sagte der heilige Eligius.
„Einbereichs- und Mehrbereichsöl soll man nicht mischen", gab ich mit resigniertem Blick auf die Öllache vor meinem Bett zurück.
„Ja, IM Motor", meinte er vergnügt, „Ölflecken gehen übrigens ganz leicht mit ein bisschen Benzin weg, ich hab' da noch ein paar Literchen vom guten, alten, verbleiten, soll ich mal schnell ... ?"
So schnell war ich noch nie aus dem Bett, aber mein Versuch den heiligen Eligius zu erwürgen, scheiterte schon im Ansatz, denn ich rutschte auf dem Ölfleck aus und schlug krachend auf's Steißbein. Nicht ohne allerdings dabei die Suzuki umzuwerfen, deren Tankdeckel beim Umfallen aufsprang, so dass sich der Tankinhalt über das Öl ergoss.
„So", sagte Eligius milde lächelnd, „geht's freilich auch."
Ich saß einigermaßen deprimiert im Ölfleck und verspürte das dringende Bedürfnis, mir eine Zigarette anzustecken.
„Das", sagte Eligius, „würde ich bleiben lassen. Das könnte eine ziemliche Sauerei geben, mit all dem Benzin, das du grade verschüttet hast. Ich empfinde es als meine Pflicht, dich unter diesen Umständen vom Rauchen abzuhalten. Schließlich bin ich der Schutzheilige der Motorradfahrer. Und: können wir jetzt ENDLICH zur Sache kommen?"
„Ja", sagte ich resigniert.

Die Offenbarung des Zornes des Großen Vergasers

„Dies künde meiner Herde. Den Servern der Gemeinde zu drm, der sorglos Schwätzenden und den Servern der Gemeinde zu RRR[11], der Nummernschachernden, schreibe. Diejenigen unter Euch, die sich treulos abgewandt haben vom einzigen Gott, diejenigen unter Euch, die sich vom kickenden Kult des Kaltstarts mit manueller Gemischanreicherung abgewandt haben hin zum elektronischen Abgott automatischer Anfettung, diejenigen unter Euch, die sich von der ehrwürdig vergasenden Versorgung der Vorväter zur elektronischen Einspritzung verirrt haben: HÜTET EUCH, denn es naht der Tag, an dem der Große Vergaser die Schwimmerkammern seines Zorns ausgießen wird über den treulosen Schafen seiner Herde. Seine Schwimmerkammerventile werden klaffend aufgerissen und Sturzbäche mindersauberen Ligroleums (Anm. der Red.: veralteter Ausdruck für Benzin) werden die Saugrohre der Sünder wider die Simplizität versauen. Die Düsen seines Missfallens werden sich öffen, wie saurer Saft wird ihr Sekret das schimmernde Silicium der Schipps ihrer black boxes mit vernichtender Fehlfunktionen verätzen. Stichelnd werden die Nadeln des großen Vergasers die Schaltkreise der Sensoren mit Nulldivisionen numerisch narren. Die mächtigen Tore der Ansaugtrichter des großen Vergasers werden geöffnet, der Fehlersturm wird die spinnenbeinigen Chips aus ihren Netzen wehen, sein aufgerissener Benzinhahn wird die Berge und Täler der Kennfelder in Meeren von Nullen ersäufen. Von seinen rotierenden Stellschrauben werden sich Stränge winden, die die sorglosen Saugrohrsadisten strangulieren; all seine Schieber, die flachen, die runden, werden an diesem Tag in Hackmesser und Schlaghämmer verwandelt sein, die die elektronischen Eitelkeiten der satanischen Saugrohreinspritzungen zerhacken und zermalmen …"

„Moment", sagte ich, „geht's ETWAS klarer?"

„Klar", meinte Eligius, „am 31.12.'99 zwölf Uhr nachts geh'n alle black boxes für die Einspritzsysteme kaputt und nur die Vergaserkräder fahr'n dann noch."

---

11) RRR – die RasendenRockerRüpel. Virtuelle Rocker, internetresident, harmlos. Einmal im Jahr sich auf einem realen Treffen der Internetkradisten manifestierend: dann durchaus weniger harmlos.

Ankündigung weiterer Offenbarungen

„Und was ist mit den elektronischen Zündungen?", fragte ich.
„Deswegen kommt morgen der heilige Florian bei dir vorbei, der ist neuerdings, seit der Brandschutz rundrum besser geworden ist, beim GUKo angestellt."
„GUKo?"
„Göttlicher Unterbrecherkontakt."
„Oh Gott", sagte ich, „kommen noch mehr?"
„Vielleicht – der heilige Konrad von der Kampfgruppe Kondensator ist, glaub' ich, auch unterwegs ..."

Errettung der Seligen

„Und nun?", fragte ich, „was soll ich den Gemeinden zu drm und RRR raten?"
„Ganz einfach", sagte der heilige Eligius, „Umbau auf Vergaser!"

Von den fortgesetzten Zweifeln des Propheten

Darauf wurde die Erscheinung des heiligen Eligius eigenartig starr und seine Gesichtszüge bekamen etwas japanisches, undurchschaubares. Er begann sich von mir weg zu drehen, so dass er mir den Rücken zuwandte. Der Schein der Gloriole dünnte sich aus. Kurz bevor das Licht endgültig ausging, konnte ich zwischen seinen Schulterblättern auf seinem Blaumann eine Aufschrift erkennen:

„This vision was made possible by kind sponsorship of the Keihin and Mikuni Carburetor Companies."

Und jetzt sagt nicht, es hätt' euch keiner gewarnt ...

Schraubers Morgengebet

Guter Gott der Grobmechanik,
bewahr auch heute mich vor Panik,
und lass mich bei dem Schraubensenken
stets an dein Evangelium denken:
„Ich, Gott, der diese Schrauben schuf,
rechtsrum zu und linksrum uff[12],
geb' dir die Weisheit bis ans Grab:
Für Schrauben gilt: Nach fest kommt ab!"

Andersherum ...

Der Pfuscher schafft, der Hebel wächst,
es steigt die Kraft, die Schraube ächzt..
(kracks - ab)
... zu spät merkt seine Großhirnrinde:
Die Schraube trug ein Linksgewinde.

... und nochmal anders

(Gewinde geht schwer)
Ratschenkasten, Drehmoment-
schlüssel, Schraubensortiment,
Kupferpast', Gewindeschneider,
profimäßig knorzt man weiter..

(geht auf einmal ganz leicht)
..und dann merkt man plötzlich völlig
konsterniert: Die Schraub' war zöllig.

12) aus offensichtlichen Reimgründen muss der Gott der Grobmechanik hessisch reden

Blinkerstreuscheibe: kryptisch/enigmatisch

Samstag kam endlich das Blinkerglas, welches das durch einen milden Umfaller doch ein wenig in Mitleidenschaft gezogene Originalglas ersetzen sollte. Das tat es auch, die handwerkliche Herausforderung hielt sich durchaus im Rahmen meiner Möglichkeiten. Ein Blick auf das ausgebaute Blinkerglas lässt mich allerdings an meinem Geisteszustand zweifeln, denn da vorne drauf steht folgendes in folgender Reihenfolge von oben nach unten und links nach rechts:

1.) TOP (aha, das ist oben, wiewohl es mbMn [IMHO][13] scheißegal ist, wierum man das Ding montiert. Wenn schon, dann vermisse ich aber in diesem Zusammenhang einen Aufdruck „left" o. „right", aber dafür war vermutlich kein Platz, denn es geht folgendermaßen weiter:)

neue Zeile:

2.) ein eingekringeltes großes A

3.) P 25-1

4.) 2 hoch (als Exponent geschrieben) spiegelverkehrte 6

neue Zeile:

6.) 26003/26004 (übereinander geschrieben)

7.) 207 (groß)

8.) E3 (eingekringelt), darunter: 39923

fett in der Mitte, eingekringelt:

10.) CEV (Aha, die kenn' ich, das heisst „Bosch" auf italienisch, die machen das!)

neue Zeile, graphisch nett gemacht, auf einer nach oben offenen Kurvenline geschrieben:

12.) Wellenline (ahhh, die Wellenline, Schmaus der Augen des Onkels vom TÜV): K32754

---

13) Newsgroupslang: „mbMn" heißt „meiner bescheidenen Meinung nach", „IMHO" dasselbe auf Englisch: „in my humble opinion".

neue Zeile, dem Schwunge der obigen folgend:

13.) DGM (???, durch Gottes Mildtätigkeit? dem guten Motorradfahrer? Dinkelsbühler Glasmanufaktur?) 31526 IA-IP (?internet-address/internet protocol?)

neue Zeile, immer noch schwungvoll gebogen:

14.) 12, (eingekringelt) E3, 5 OR-0051792 (ein ZIP-code in Oregon? OR something else?),

ganz am linken Rand, vom Layout her ganz mies in den Rest eingebunden:

15.) P 21 W (ja, ja, ja, kapiert: da gehört ein 21 Watt-Lämpchen 'rein! Wieso aber P? Weil' ein Plinkerlämpchen ist?)

ganz unten:

16.) Made in Italy (auf Anhieb verstanden!)

Helmut, sag' ich mir bei Betrachtung dieses Dinges, Helmut, dieses Ding ist gefährlich. Das ist ja saukompliziert. Da hast du beim Ein- und Ausbau sicher irgendwas falsch gemacht. Geht nicht an, dass man so'n komplexes Gerät mit soviel Nummern einfach mit'm Kreuzschlitzschraubendreher in 'ner Minute auswechselt. Da ist ein Geheimnis bei!

Ich mach' mich jetzt dran, die Black-Box vom T-Bird entsprechend den Angaben auf'm Blinkerglas umzuprogrammieren. Könnt' ja sein, dass ich irgendwo den Blinkerglasintegritätssensor übersehen habe und dem noch die neue IP-Adresse (s.o.) von diesem gelben Miststück (DGM!) einspeichern muss.

Born to be wild (Erbarme ... die Hesse komme)

„Ernaaaaaa! Wo is mei Fransejack?"
„Plärr ned so. Im Wäscheschrank, hinner de Bettwäsch."
Scheißweiwer. Ewig die Wegräumerei. Hinner de Bettwäsch? Nee. Ach da, hinner de Handdücher ...
„Ernaaaaaa! Wo is mein Helm?"
„Du sollst doch ned so plärr'n. Im Beseschrank, hinner'm Butzeimer unne'm Schuhbutzzeug."
Brumm. Da gehört der doch ned hie. Da isser. Moment – wieso sinn jetzt mei Finger schwazz?"
„Ernaaaaaa! Hast du die Schuwix in de Helm gestobbt?"
„–"
„ERNAAAAA! Sauerei! Mein' Helm is inwendisch voller Schuhwix!"
„Setz' die Sturmhaub uff, dann macht's nix!"
Da hattse recht.
„Ernaaaaa! Wo is mei Sturmhaub?"

(Erna erscheint formatfüllend im Türrahmen, von Lockenwicklern gekrönt. Das Dampfbügeleisen in ihrer rechten Hand ist drohend erhoben).

„Schaff' dich hier 'raus. Ganz schnell. Hock dich uff dei Modorrad unn' fahr weg. Unn' komm ned vor fünf widder. Ich will in Ruh' Quincy gucke."

Scheißweiwer. Jetzt awwer. Tepperunterschlapp. Der Middaach gehörd mir unn meim Motorrad. Freiheit, kaa Weiwer, kaan Fernseher. Ich und die Landstraß unn mei Stahlroß dezwische. Da steht'se; schee, der viele Chrom. Was heißt des eischentlich, „Syosung"[14]? Egal, druff, Helm uff, Schlüssel 'nei, Anlasser, unn' ab. – Warum duht sich da nix?
„ERNAAAA! Mei Modorrad springt ned an!"

---

14) Syosung, Hyosung ... halt eine von den koreanischen 125ern, die man mit dem alten Führerschein Klasse 3 auch noch fahren darf, ohne dass man einen Motorradführerschein machen müsste. Das mit dem alten Führerschein Klasse 3, das ist schon eine ganze Weile her – und so sollte man sich Erwin auch vorstellen.

(Geräusch eines sich öffnenden Fensters. Ein Dampfbügeleisen fliegt durch den Hinterhof und zerschellt am Boden.)

Ui, des war knapp. Jetzt awwer nix wie fort, bevor se runner kommt. Warum springt des Scheißding ned an? Ach so, de Seitestänner. Jetzt awwer ... (tschwiwiwiwifröpfröpfröpfröp) echt stack, wie der Modor so unner eim zittert. Des is Kraft. So, unn' jetzt die Kupplung gezooche und dann der geile Kraftschlaach, wenn de erste Gang neifällt (klick) Gaaaaaas (frööööööööööp) Kupplung (frööōaaaaaaaa ...) unn' ab (aaaaööööö ... KLOING). Scheiße. Unn' da hinne kommt Erna. Umdreh:

„ERNAAAA! Isch hab mer de Rückspieschel am Hofdor zerkloppt, machs'de schnell die Schärwwe weg, wannde schon da bist?"

Hähä, jetzt um die Eck unn fort (Fröööööööpöööööpööpööpöpö-ööp). Ach, der Sound. Des Bassgedonner, des eim die Eier wackele lässt. Unn die Kraft, ein Dreh am Gas (frööööääääää) und schon zuckt die Tachonadel uff 20 ... 30 ... 40 ... 50, halt ich bin ja noch innerorts (fröööööapapapaa) unn' da vorne geht's um die Eck, runnerschalde (aaapapaklockäääääää), Scheiße, warum hängt dann der Audofahrer so dicht da hinne druff, hochschalde unn' Gas (klick, äöiiiiiiiiiiiiii) Mist, des war de Leerlauf, nochemal hoch (iiiii-iiiSchrrrrrrrrKLONGkkröööööö), Mann, gibt des 'en Knüppel ins Kreuz.

(Frööööööööööpöppöööö). Eischentlich hatt ich gedacht, dasses wärmer wär. Is doch schon kalt an de Finger. Awwer des gehörd zum Modorradfah'n. Da muss mer dorsch ... (fröööööööööpööö).. werd awwer doch kalt. Da vorne isses Buudsche. Ich mach' en Boxestopp.

(Anmerkung für Nicht-Südhessen: Ach, des Buudsche, äh, 'tschuldigung, das Budchen! Wie will man einem Fremden das Wesen des Budchens näherbringen? Wie unzutreffend ist selbst die hessische Bezeichnung „Wasserheisje", denn Wasser wird dort eher nicht konsumiert. Trinkhalle? Stimmt nicht. Die wirklich idyllischen Budchen schmiegen sich an Parklandschaften, und die Jünger des Dionys schwärmen vom Budchen zu den Bänken aus, auf denen einige auch nächtigen. Aber nie allzuweit weg, denn das nächste Bier will bald besorgt sein. Wie will man dem, der nie am Budchen soff, die Magie schildern, die diese - dem Hessen heiligen - Orte umgibt. Der sprühende Intellekt der Unterhaltungen. Die tiefsinnigen Exegesen des Lebens in allgemeinen und der Schlagzeile der Bildzeitung im besonderen. Resignierte Lebensweisheit, flaschenweise, der halbe Liter zu zwoverzsich. Trunkene Schwere, lallender Absturz ins Nichts. Glückseligkeit, morgens schon ab 9, abends bis 10. Nur zwei Dinge gibt's, die dem Budchen zum vollkommenen irdischen Paradies fehlen: das Bier müsste umsonst sein und die Kasse des Sozialamtes direkt daneben).

(Fröööööööääääckäckäckkops).. Scheiße, abgewerschd. Nur nix aamerke lasse, da vorne steht de Schorsch, des Schlappmaul, kuhl abstelle, als ob's so gedacht wär, absteische, die paar Meter dapp ich, unn e Bier bestelle ...

„Ei Männer, wie? – Paul gib mer e Ex, awwer kaa ganz kaltes, ich brauch was Warmes, es is e bisje frisch im Freie ... Danke. Prost, Schorsch, wie geht's?"
„Warum stells'de dann dei Modorrad ganz da vorne hie?"
„Ich brauch Beweschung nach der Mordstour, is doch e bisje kalt, wenn mer als so uffem Bock hoggt."
(gluckgluckgluck).
Jetzt muss ich en Witz mache unn's Thema wechsele, sonst fracht er mich, wo ich all war.
(gluckgluckgluck)
„Jaja, ich steh hier unn muss des kalte Bier trinke und mei Fraa steht dehaam unn kann die Händ' in's warme Spülwasser dunke ..."
(Heiterkeit)
(gluckgluckgluck)

„Paul, noch zwaa."
(Schweigen)
(gluckgluckgluck)
(Schweigen)
(gluckgluckgluck)
(Schweigen)

„Isses schon fünf?"
„Ach was, noch kaa drei."

„Na dann."
(gluckgluckgluck)

... viel später ... so gegen halb fünf.

(gluckgluckgluck)

„Isch musch wei ... wwwweider"
„Wwwo wilsssstendumiddeimdalle Kopp noch hie?"
„Sssum Wuulwörss, e neu Dampfbüüscheleise hole ..."
„Schon widder?"

Rechtschreibregeln/gereimter Spellflame[15]

(jemand schrieb):

Man sollte Konrad Duden nicht unrecht tun. Er hat zunächst versucht die Sprache zu beschreiben und z.B. viele unterschiedliche Schreibweisen zugelassen und z.B. nur sehr wenige Komaregeln und nur ein lockeres Regelwerg festgelegt ...

ROTFL[16], das sind die Verschreiber der Woche. KOMAREGELN! REGELWERG!

Die Wahrheit über die Entstehung des „Duden":

Konrad Duden fiel ins Koma:
ohne Komma schrieb sein' Oma
ohne Regeln, unbedacht ...
und als er wieder aufgewacht,
hat er tüchtig nachgedacht
und sprach zu Omma: Komma her,
so wie Du's machst, so geht's nicht mehr:
hier und da und dort ein Komma,
ja so geht es, liebe Omma,
und, damit sich's reimt auf Koma,
nehmen wir ein M aus O(m)ma,
und dies ganze Regelwerg
wirt app sofford mein Lebenswerg.

---

15) Ein Spellflame ist eine polemisierende Reaktion auf ein Posting, das orthographische Fehler enthält.
16) ROTFL, ROTFLBTC: die üblichen Anglizismen, in diesem Falle Heiterkeitsindikatoren: „rolling on the floor biting the carpet".

Born to be wild (die zweite) (Erbarme ... die Hesse komme!)

„Ernaaa! Wo sinn die Butzlumpe?"
„Unner'm Spültisch, hinner'm Butzeimer"

Butzeimer, Omo, Imi, Ata, Schipp, Bääsem, die aale Modorradstiwwel ...
ach, ganz da hinne. Muss ich des jetzt alles 'rausräume? Nee, des geht so ... (krobongplatsch).

„Ernaaaa! Hast Du de VOLLE Butzeimer unner die Spül gestellt?"

„Ich saach der doch seit Woche, dass de Siphong net dicht is! Awwer du hast ja nur dei Modorrad im Kopp! Jetzt nimm dei Butzlumpe unn mach dich fort in die Garaasch, eh de mer noch mehr Sauerei machst! Ich geh unner die Dusch!"

Als ob'se den Siphong net selwer flicke könnt ... des Spülbecke benutzt se ja aach nur selwer. Ich geh jetzt in die Garaasch unn mach mei Inspektion. Mist, die Butzlumpe sinn ganz nass gewor'n ... Moment. Was sinnen des fer Butzlappe? Des is doch ...

„ERNAAAA! Hast Du dei Ledder-Reizwäsch von de Beate Uhse zu de Butzlumpe geschmisse?"

„–"

„ERNA!?"

(aus dem Bad) „Ich bin unner de Dusch!"

„HAST DU DEI REIZWÄSCH ZU DE BUTZLUMPE GESCHMISSE?"

(Erna erscheint in der Badezimmertür - nackt. Koketter Augenaufschlag.)
„Brauch ich die?"

Gott, was saach ich jetzt? Bloß nix Falsches. Was Nettes, was Scharmantes. Awwer net zu scharmant, ich will ja noch runner in die Garaasch. Ich hab's:

„Eischendlisch ned, ich kann mer ja die Schweißerbrill' uffsetze ..."

Ui, des gibt e Beul. Ich hätt net gedacht, dass so e Stück Seif so hart is. Unn' das die so gut trifft. Trepperunterschlapp. Garageaufschließ. So. Jetzt ran. Ölwechsel, Batterie raus, winterfest mache. Habbich all mei Werkzeug, was ich dadefür brauch' ? Flascheöffner? Da. Bierkaste? Da ... (zwöppschgluckgluckgluckgluck – ööööörrrrps). Ölwechsel zuerst. Die Wann fer's Altöl? Da. Mist. Da steht ja noch des Altöl vom letzte Jahr drin. Unn jetzt?

(gluckgluckgluck)

Ich hab's: Ich füll des alte Öl in leere Bierflasche, sinn ja genuch da – habbich en Trichter? Nee.

(gluckgluckgluck)

Zu Erna in die Küch geh'n und ein hole? Liewer net. Moment emool ... da war doch irschendwo der lederne BH. (Kramt in dem Putzlumpenberg nach der Reizwäsche). Da isser, geil, mit Franse. Fuffzehner Locheise, Holzunnerlage, Hammer ... (boing) ... – eins A Trichter. Geht nix üwwer e Fraa mit Owwerweite, hähä. Jetzt noch mit e bisje Tesaband an de leere Bierflasch' festgebappt. Basst.

(gluckgluckgluck)

Jetzt umgefüllt (... flotsch ...). Klasse. Gar net viel denääwe gegange. Des krieg' ich logger mit dene drei alte Betttücher uffgewischt

(gluckgluckglops)

Schon all? Na, jetzt awwer 'ran, dasses e Stück gibt. Wo is die nächst Bierflasch? Da. Äääh hh – Moment, was is des?

(klickeriklickeridingeling)

„ERNAAAAAAA!!! Beschiss!!! Hast du die alde Kronkorke uff die leere Bierflasche zurück gedrückt?"

„—"

„ERNAAAAAAA!!!"

„—"

Hört nix. Is noch im Bad. Wart nur! Heut' nacht fress' ich dei Mozartkuuchele und wickel Klicker (Anm.: hessisch für Murmeln) ins Papier! Jetzt awwer erstemal Bier hole. Wo is mein Drickgann? Kaste druff, unn ab zum Buudsche, Getränkemarkt hat schon zu ...

(Anm. für Nicht-Südhessen: ein Drückkarren [im Volldialekt „Drickgann" auszusprechen] ist ein universell einsetzbares, zweirädriges, zweispuriges Gefährt mit Fahrradbereifung, das sich, anders als sein Name sagt, schieben UND ziehen lässt. Im allgemeinen wird seine Deichsel mit Hilfe einer Anhängerkupplung an ein Mofa gehängt, man kann es aber auch von Hand schieben, wie es unser Held tut. Der „Drickgann" dient überwiegend dem Transport von Rechen, Spaten, Torfsäcken, Hunden, Sperrmüll, Bierkästen und sonstigem Kleingartenzubehör [das komplette Holzgartenhäuschen vom Obi wird halt auf mehrere Fuhren verteilt]. „Drickgann" muss man sich beliebig heruntergekommen vorstellen, mindestens ein Reifen ist immer fast platt. Dafür fehlt auf der dem platten Reifen gegenüberliegenden Seite stets das vorgeschriebene Katzenauge. Hessische Ehrensache. Meist fehlt es aber auf beiden Seiten.)

(Deutlich später ... kommt, leichte Schlangenlinien beschreibend, mit Drückkarren und vollem Bierkasten vom Budchen zurück.)

Hähä, der hat gar net gemerkt, dass ich em die Bierflasch middem Altöl mit'm Leergut unnergejubelt hab'. So mach ich des jetzt immer. Umweltverträschlich unn' nerveschonend. Awwer von dene Kerle kommt mer ja net mehr weg, wemmer erstemal da is. Awwer wann doch de Radbert aamool aan ausgibt ...

(zwöpschgluckgluckgluck)

Is schon spät, s'werd dunkel. Ich mach' mein Ölwechsel moje fertisch. Bisje z'sammeräume. Die aale Bettücher und Butzlumpe uff den Ölfleck (... boff ...). Hmm ... da is' de Rest von Erna's Reizwäsch', de Ledderslip ... unn' was mach ich mit de' Erna ihr'm Ledder-BH? Is e bisje ölisch. Eischentlisch is des ganz nett, so e bisje glitschisch ... unn' hat uff de eine Seit' e' Rieseloch ... grad' da wo de Nibbel is' ...

(Hammer, Holzunterlage, BH, Slip, Fünfzehner-Locheisen, zweimal boing)

„ERNAAAAAA! Mach dich fertisch, ich komm!!!"

Der philosophische Drückschalter (Nutzloses Motorradzubehör)

Eines wahren Philosophen und Mystikers würdig wäre ein sogenannter „transzendent autoreferentieller non-logischer Drückschalter" (TAND).

Lass' mich die Grundprinzipien des transzendent autoreferentiellen non-logischen Drückschalters - zunächst ohne transzendente und non-logische Komponenten - schildern. Dir als Praktiker wird der Wert dieser Schaltung sofort einleuchten. Die Schaltung ist leicht herzustellen: ein Drückschalter (so einer, bei dem man dem Schaltknopf an seiner Stellung nicht ansieht, ob er gedrückt ist, oder nicht) neben dem Lämpchen, beschriftet mit den Positionen AN/AUS. Bei AN kriegt das Lämpchen Strom, bei AUS kriegt es keinen. Die Lampe selber kann man unbeschriftet lassen; für vergessliche Naturen empfiehlt es sich aber, die Beschriftung: „Leuchtet: Schalter ist an / Leuchtet nicht: Schalter ist aus" hinzuzufügen. Der Schalter steuert also den Betriebszustand des Lämpchens, das Lämpchen zeigt den Zustand des Schalters. Ein nettes kleines selbstreferentielles System „in nuce".

Besagtes Bauteil ist billig zu basteln, selbst dort, wo kein überflüssiges Kontrollämpchen zu finden ist. Schließlich gibt es ja Schalter mit eingebauter Lampe. Der Vorteil des autoreferentiellen Drückschalters - immer noch ohne die alogische und transzendente Komponente - liegt in seiner weitgehenden Störunanfälligkeit gegenüber exo- und endogenen Einflüssen. Sogar Motortotalschäden (z.B. in Folge zu niedrigen Ölniveaus, ein typisch exogenes Ereignis) übersteht er problemlos. Das innere, endogene Störpotential ist ebenfalls gleich Null: Es sind keine Fälle bekannt, in denen sich der völlige Ausfall der autoreferentiellen Drückschalters in irgendeiner Weise negativ auf die übrigen Betriebssysteme des Zweirades ausgewirkt hätte. Kurzum: der autoreferentielle Drückschalter wird DAS Bauteil an deinem Motorrad sein, dessen Zuverlässigkeit die aller anderen Bauteile überstrahlt. Das ist doch schon ein Wert an sich und lohnt die Bastelei.

Soviel zu den Vorteilen des autoreferentiellen Drückschalters im harten Alltagsbetrieb. Wie schon gesagt, eines motorradfahrenden Philosophen und Metaphysikers würdig ist die „transzendent nonlogische" Modifikation des autoreferentiellen Drückschalters. Die funktioniert im Prinzip genauso, nur muss man - bei einem Motorrad mit 12 Volt Bordnetz - ein Lämpchen mit 6V Nennspannung verwenden. Außerdem darf man das System nicht beschriften. Wenn jetzt, nach einiger Betriebszeit, das Lämpchen (6 Volt) unabhängig von der Schalterstellung nicht mehr leuchtet, hat das System seinen „transzendent non-logischen" Zustand erreicht, denn man kann jetzt nicht mehr entscheiden, ob.

a) das Lämpchen durchgebrannt ist,
b) die Kontakte im Schalter infolge der höheren Leistungsaufnahme verkokelt sind,
c) der Schalter in der falschen Stellung ist.

Das heißt also, das System befindet sich in irgendeinem Zustand, man weiß nur nicht in welchem. Es wird dem Motorradfahrer so zum Symbol der der Ungewissheit über die inneren Zustände der Dinge, zu einer Metapher der Rätselhaftigkeit alles Existierenden, zum Sinnbild der Sinnlosigkeit der Sinnsuche im Sein. Der

„transzendent autoreferentielle non-logische Drückschalter" (TAND): ein MUST für jeden motorradfahrenden Metaphysiker. „TAND, TAND, sind alle Gebilde von Menschenhand." (Fontane, glaub' ich, bin zu faul zum Nachgucken ...)

Aus unserer Reihe: „Werbung, wie wir sie gerne hätten"

(Anmerkungen in Klammern sind als Regieanweisungen zu verstehen, in Großbuchstaben Geschriebenes ist betont zu denken)

Die Idiotenlaterne flimmert, sagen wir zett Be mal: RTL. Formel 1 - Rennen ... „ja, liebe Formel 1- Fans, es bleibt spannend, einer fährt vorne weg und viele hinterher, hahaha, aber wir geben für eine klitzekleine Werbeunterbrechung in die Zentrale zurück".

(- Schnitt -)

Irgendein elektronisches Tschongflongdängderongong.

(- Schnitt -)

3D animiertes RTL-Logo, femininer, ätherischer Gesang: „äärrr-tääa -ääällll".

(- Schnitt -)

„Diese Sendung wurde Ihnen präsentiert vom Ur-Köstritzer Kotzkasten - das Bier mit der Breitwandwirkung". (Bewegte und bewegende Bilder von fröhlich kotzenden Köstritzern unter königsblauem Himmel in breitwandiger, bukolischer Landschaft.)

(- Schnitt -)

(Auf dem Bildschirm erscheint Verona Feldbusch. Halbtotale, knapp unter dem Nabel abgeschnitten. Das ist auch gut so, denn sie ist als

Motorradfahrerin verkleidet und trägt eine Lederjacke, die mindestens zwei Nummern zu eng ist. Deshalb geht auch der Reißverschluss nur halb zu. Das gewünschte Resultat stellt sich ein. Die Physiker würden von „Quellungsdruck" reden.)

„Hallöchen", sagt Verona, „ich bin heut' live zum Reklamemachen hier –"
(leidet offensichtlich an Atemnot und nestelt am Reißverschluss, der klemmt)
„– für die Jungs von der Firma TAND. Das is' ne Abkürzung, ham' die mich gesagt –"
(kurze Pause, fummelt am Reißverschluss, der immer noch klemmt)
„– ham' die MIR gesagt –"
(lächelt gewinnend)
„– und Dativ – Quatsch – und datis die Abkürzung für 'Tolle Accessoirs für Neueinsteiger und Dschobberfahrer'. Jawohlja. Ich weiß jetzt gar nicht so recht, warum die grade mich den Job gegeben haben –"
(kurze Pause, fummelt am Reißverschluss)
„– MIR den Job gegeben haben –"
(der Reißverschluss platzt und sie steht im BH da, guckt verwirrt zwischen ihre Brüste)
„– Mann, geht's da tief 'runter –"
(plötzlich glockenhell lachend)
„Ach deshalb!"
(Kamera geht in die Totale, im Hintergrund wird eine babytürkisblaue Honda Shadow sichtbar - steil hochgezogene Nachrüstauspuffanlage a la „Easy Rider" - Verona trägt knallenge Lederschnürhosen zu roten Stöckelschuhen - dann ein lautes, krachendes Geräusch, als ob etwas Schweres umgefallen wäre)
„– ähh - was is' jetzt –?"
(guckt angestrengt in die Kamera, dann die Regiestimme aus dem Off: „Sorry, Verona, Du musst aus dem Stegreif weiter machen, der Teleprompter ist vom Stativ gefallen")
„- vom Dativ gefallen? -"
(allgemeines Gelächter aus dem Off)
„Blödmänner. Ich krieg' das aber auch so. Also, die Jungs von TAND, die ham' ganz tolle Sachen gemacht, die man braucht, um sein bestes Stück in Schuss zu halten. Doch, doch."
(stöckelt auf die Shadow zu, hinter der ein Eimer voller Wasser steht)

„- nehmen zum Beispiel wir mal an, ihr wollt euer Motorrad waschen –"
(bückt sich, um den Eimer hochzuheben: die Hose platzt. Sie stemmt die Hände in die Hüften und brüllt ins Off)
„Das stand nicht im Drehbuch! EUCH werd' ich noch helfen!"
(Stimme aus dem Off: „Bravo! Ein Dativ! Im Plural! Weiter!")
„- Also nehmen wir mal an, ihr wollt euer Motorrad waschen –"
(bückt sich erneut, nimmt den Eimer und schüttet seinen Inhalt schwungvoll von hinten über das Motorrad)
„ – und jetzt ist da überall Wasser in das Auspuffrohr gelaufen und kann nicht mehr 'raus, oder? Und das rostet dann in DEN Rohr–"
(Stimme aus dem Off, stöhnend: „DAAAATIV!"; Veronika, zurück ins Off:)
„- jetz' hab' ich dich, du Klugscheißer!"
(wieder in die Kamera)
„- rostet dann in DEN RohREN!"
(triumphierender Blick ins Off, von dort betretenes Schweigen. Wieder zur Kamera:)
„So. Und jetzt haben die Jungs von TAND diese praktischen Latex-Rohrschoner im Programm, die wo das verhindern."
(fummelt irgendwas Gummiges aus der rechten Hosentasche der geplatzten Hose, stülpt es mit Mühe über die Mündung des Auspuffrohres und guckt triumphierend in die Kamera – Stimme aus dem Off: „ ... ähh, Verona, der Rohrschoner von TAND war in der linken Hosentasche, das eben war der Pariser aus dem Aids-Clip, den wir grade abgedreht haben ...")
„Na so was ..."

(- Schnitt -)

„ ... die Formel-1 Übertragung wird Ihnen präsentiert vom Ur-Köstritzer Kotzkasten, den Brauern des Ur-Pilses für urigen Urin, den man ungehemmt und urtümlich in die umgebende Natur zurückgeben kann..". (Bild von fröhlich gegen Päume pissenden Pilstrinkern.)

(- Schnitt -)

„ ... ja, liebe Sportsfreunde, hier sind wir wieder bei der Formel 1, die unterdessen eine dramatische Wende genommen hat. Nach dem letzten Boxenstopp haben Schumis Ferrari-Mechaniker vergessen, seinen Rohrschoner wieder zu entfernen. Jetzt rast er mit schnell anschwellendem Rohrdruck röhrend um den Rundkurs, wir rechnen jeden Moment mit einem Rohrbruch ..."

Die Wahrheit über das Höhlengleichnis[17] (Nachzutragendes Acknowledgement[18])

Heiter brennt die Sommersonne auf Diogenesens Tonne,
was den Philosoph verdrießt, weil sein Schweiß in Strömen fließt.

Draußen tut man Obst verkaufen,
Weißwein trinken, Wasser saufen,
Diogenes bleibt in dem Fass und er flucht ohn' Unterlass
über diese große Hitze, dass er ja so grausam schwitze,
wünscht sich eine Air Condition
(gibt's noch nicht bei alten Griechen),
hätt' gern kaltes Bier getrunken (ebenfalls noch nicht erfunden)
oder aber Eis geschleckt (ist jedoch noch nicht entdeckt).
Verflucht die griechische Antike,
in der er keinen Kühlschrank kriege,
schimpft und tobt und macht Rabatz in dem viel zu heißen Fass.

Da naht Platons Lichtgestalt und macht bei der Tonne halt.
„Lieber Freund, ich bitte dich, tritt heraus und fluche nich'
der Antike, ihrer Götter, ihrer Technik und dem Wötter,
verlasse doch des Fasses Höhlung, such' dir draußen eine Köhlung.
Sieh' die kurz berockten Knaben, die sich in der Sonne laben.
Manchmal sieht man gar den Pimmel,
fühlt man sich nicht wie im Himmel?
Ach, dir ist nicht päderastisch?
Auch die Mädels sind phantastisch!"

„Du mit deinen blöden Flausen", brüllt Diogenes nach draußen,
„ewig diese Schnapsideen – ich will keine Knaben sehn,
keine Mädels, keine Möse, keine Ärsche, keine Schöße,
schon der Schatten einer Zitze ist zuviel bei dieser Hitze,

---

17) Lest mehr Plato.

18) Danksagung: Man kann Plato für das Höhlengleichnis nicht genug danken, denn er lehrt uns darin, dass wir, Gefangenen gleich, in einer Höhle sitzen, mit dem Gesicht zur Wand und dem Rücken zu einem Feuer, ohne die Erlaubnis unseren Blick zum Feuer zu wenden. Zwischen dem Feuer und unserem Rücken trägt man Gegenstände hin und her, deren Schatten an der Wand wir sehen. Diese Schatten, diese Abbilder, sagt Plato, sind das, was die Menschen für die Wirklichkeit der Welt halten. Könnten wir uns wenden, den Blick auf' s Feuer richten, dann sähen wir die Dinge selbst. Aber die meisten von uns können das nicht.
Natürlich ist diese ganze trübe Metaphysik längst von der Entwicklung der Technik überholt – dafür hat ja der moderne Motorradfahrer seinen Rückspiegel.

die Idee, sie lässt mich schwitzen:
ich bleib' hier im Schatten sitzen!"

Diese groben Äußerungen ließen Platon zwar verstummen,
doch in seines Hirnes Höhlung bewirkten sie Gedankenölung;
das Resultat - das Höhlengleichnis - geht zurück auf dies Ereignis.
Doch in dem Aggnolidschment wird Diog'nes nicht erwähnt.

Dummer Fehler: Varadero droht

(von der Anschaffung eines neuen Motorrades in Gegenwart einer Sozia)

Nun, es ist ja eigentlich mein Privatproblem, aber vielleicht gibt's hier ja Leidensgenossen. Günni aus Mannem z.B., der (Ex-)Treckerfahrer[19]. Der hat 'ne kaputte Bandscheibe und ich hab' ne Sozia (nein, das soll keinen falschen Eindruck erwecken: ich hab' lieber 'ne Sozia als 'ne kaputte Bandscheibe). Aber die Auswirkungen von Sozias und Bandscheiben auf den Motorradkauf sind ähnlich, fürchte ich.

Also: Wir brauchen ein neues Krad. Kein Alteisen (20 Jahre Guzzi und 10 Jahre Harley sind erst mal genug, zum Liebhaben wird's 'ne Norton geben, ist beschlossen[20]), sondern was zum Fahr'n, nicht jeden Tag, aber für weite Strecken. Beginn des Dramas: letztes Jahr. Bin zum BMW Händler getigert und hab' gesagt: „Guuder Mann, ich bin grad verzisch gewor'n, s'werd Zeid, isch komm in des Alder: Verkaafe 'se mer emal e BMW." Hahaha. Probefahrt BMW R1100R. Sozia: „JAJAJA". Ich: „NEINNEINNEIN". Wass'n das für 'ne Vorderradführung? In jeder Kurve dieses wunderbare „Ohascheißedasistjetztaberzuvieljetztschmiernwirab"-Gefühl, und das schon in der Hofausfahrt ... gut. Ich geh' wieder zu BMW, wenn ich fuffzig werd'.

19) Günni aus Mannem, der Ex-Treckerfahrer: ach, ein inniges Band der Zuneigung verband Günther aus Mannheim mit seiner Moto-Guzzi. Wäre das Band, das das Innere seiner Bandscheibe umspannte, nur auch so solide gewesen ...

20) Die weitere Lektüre dieses Werkes wird dem geneigten Leser den Wert solcher heroischen Entschlüsse vor Augen führen.

Probefahrt Buell M2. Apodiktisches „NEINNEINNEIN!" von hinten. Gut. Hat recht. Sackunbequem. Trotzdem genial, das Krad ... Verlegenheitskauf Triumph T-Bird, „King and Queen Sattel", anatomisch geformt, sozusagen der Negativabdruck der Arschbacken, versaut die Optik vom ganzen Mopped. Sozia: „JAJAJA". Ich, leicht brummend: Kaufpreis hingeblättert. Gut. T-Bird rennt, macht Laune, aber nach hundertundachtzig Kilometern muss man 'ne Tankstelle suchen. Das heißt, dass die Sozia (etwas paranoid in der Hinsicht, die Gute) schon nach etwa hundert Kilometern drängelt, dass man doch endlich tanken möge. Außerdem muss sie mal auf's Klo. Und wenn der T-Bird so richtig beladen ist, wird das Fahrwerk weich – 1300 Eier für White-Power Federbeine und XXXX für 'nen handgedengelten größeren Tank?. Nein, ein neues Krad muss bei.

Probefahrt Triumph Sprint ST. Ich: „JAJAJA" - Sie: „NEINNEINNEIN". Patt. Probefahrt Honda ST1100 Pan European: Resultat siehe BMW. Damit um 'ne Ecke fahr'n zu wollen, kam mir vor wie der Versuch, mit'm Badeschwamm 'ne Ecke von der Wanne abzuschmirgeln: aussichtslos.

(Vorvorgestern, Freitag): Probefahrt Honda CBR1100XX. Kürzeste Probefahrt meines Lebens: nach 10 Minuten haben die Süße und ich gemeinsam „NEINNEINNEIN" gerufen. Das Ding möcht' ich abseits der Autobahn nicht bewegen müssen ... dann DER DUMME FEHLER. Auch vorvorgestern. Sie sieht beim Honda Fritzen die Varadero[21]'rumstehen. Mittlerweile hat sie Erfahrung, peilt kurz die Sitzbank und die Fußrastenhöhe und zerrt mich (man muss sich dabei vorstellen, dass ich verzweifelt wimmernd am Boden liege und versuche, mich irgendwo festzukrallen) in Richtung auf die Varadero. Flötend und lockend („ach komm, nur mal probieren, tut nicht weh ... is' doch gar nicht so hässlich ... guck' mal, die gibt's auch in Gold") kriegt sie mich dann doch auf DEN EIMER. Hmmpfff ... das, was in Motorradheftchen stand, stimmt gar nicht. DER EIMER ist nicht nur beim Angucken von vorne hässlich, er ist auch hässlich, wenn man draufsitzt. Schon der Tank, der aussieht, wie'ne vollgepisste übergroße Pampers, über'm Motor zum Trocknen aufgehängt. Booäääh. Allerdings: heidewitzka, Herr Kapellmeister,

21) Warum man ein japanisches Motorrad nach einem Badeort auf Kuba benennt, wird mir ewig ein Rätsel bleiben. Japan hat doch auch schöne Strände, in Nagasaki zum Beispiel ...

das geht ja ab wie die Pest, ab ca. 1500 unter Last fahrbar, Leistung satt, handlich (vorne sind mir die Gabelfedern ein wenig zu weich) und bequem – Opa's Ohrensessel mit 98PS und Verkleidung. Platz für jede Menge Gepäck ... tja. Noch kämpft's in mir. Wenn ich aber nun überall auf'n Tank in schönen Lettern „HÄSSLICHHÄSSLICHHÄSSLICHHÄSSLICH ..." draufschreib' und hinten, auf der Plastik- (bääää, ... Plastik) blende über dem Auspuff neben der Sitzbank, da schreib' ich hin „ ... AWWER BEQUEM", vielleicht geht's dann ja. Trotzdem: *Schauder*.

Soziatausch ist übrigens keine Alternative. NEINNEINNEIN. So'n Preis-Leistungsverhältnis bei minimalem Wartungsaufwand und maximalem Liebhaberfaktor krieg' ich nie wieder.

Zum Goethejahr[22]

Nu isses um, das Goethejahr. Also kann man versuchen den Schenius zu veräppeln. Ach, hätt' es doch damals schon Fahrräder gegeben ...

Fausts Gesang auf dem Fahrrad
(Johann Wolfgang von Goethe, unveröffentlichter Nachlass)

Glückhaft versammelt, rings um mich her,
find' ich die Kräfte des kreisenden Tretens,
wandle mich langsam, von Tritt zu Tritt mehr,
zum Teil der Maschine, zur Nabe des Lebens.
Treibe getrieben von zyklischen Kräften
des Tretlagers träge Materie im Kreis,
Zahnkranz auf Zahnkranz umwindet die Kette,
auf rasender Kreisbahn schimmert die Speich'.
Doch all dieses Kreisen, all diese Drehung,
anfangslos, endlos, sich selbst immer gleich,
versetzt mich in eilige Vorwärtsbewegung,
vom Ursprung zum Ziele – wohin wollt' ich doch gleich?

22) Das war 1999.
Lob und Ehre dem Poete,
wenn er dichten kann wie Goethe ...

Der Schwuchtel unter'n Rock geguckt

Gestern abend die pissgelbe Schwuchtel [aka Varadero] vom Honda-Fritzen geholt. Nagelneu, in schönem Pinkelgold funkelnd ...

Heut' morgen: Anbau des Scott-Oilers[23]. Lauter glatte Plastikflächen, vom Rahmen ist nix zu sehen: Wo zum Teufel setzt man die Pulle hin? Mit zwei Kabelbindern an so'n Stück Plastik gefrickelt, das über dem Fußrastenträger sitzt: Leider ist das schnöde Plastik organisch rund geformt, schmeichelt dem Auge, nicht aber den Kabelbindern: Flasche wackelt. Klebeband ... sitzt. Sieht aber Scheiße aus. Na ja. Leitung zum Ritzel: problemlos.

So, jetzt noch die Unterdruckleitung. Tja, irgendwo da unter dem DING (Tank würd' ich das nicht nennen wollen, s.u.) das zur Benzinaufbewahrung dient, ist vermutlich ein Motor (man sieht nur noch nix von ihm, aber gefahr'n ist's schon, was die Vermutung erhärtet, dass da wirklich ein Motor drin ist), dann sollten da auch Vergaser sein, und eigentlich müsste doch da ein Unterdruckanschluss ... frisch ans Werk.

DINGbefestigungschrauben lösen, Benzinhahn zu, Benzinschlauch ab - *platsch*. Aha. Hat zwei Benzinhähne, den auf der linken Seite hatt' ich wohl übersehen. Linker Benzinhahn zu, Schlauch ab - *plätscher* – ??? – hört aber bald auf, war nur der Sprit im System. Mann, so dicke Benzinschläuche hab' ich noch nie gesehen, na ja, es heißt ja, dass da auch 10l auf Hundert durchlaufen können müssen. DING abnehmen: nein, war KEINE gute Idee, gestern da noch 23 Liter da reinlaufen zu lassen ... ächz, zerr (Muskelschwund?) ... dann zweimal *plopp* und einmal kurz *krzzz*, Das DING geht ab und ist gar nicht sooo schwer: Nur die Elektrostrippen von der Benzinuhr und zwei dubiose Schläuche, die irgendwie zentral innen unten am dem DING angemacht sind, die hielten's fest ...

So. Jetzt steh' ich da mit dem DING in den Armen. So 25 Kilo wird's haben, sieht aus wie die Cheops-Pyramide, inwendig aber hohl und oben platt. Und wenn ich's jetzt auf'n Boden ableg', liegt's voll auf den Benzinhähnen. Keine gute Idee. Aber wenn ich's

23) Eine Vorrichtung zum automatischen Einölen der Kette zum Hinterrad.

da auf das Brett da leg' (peil ...), müsste das grade passen ... ableg: *platsch*. Aha. Brett hat grade die Breite des Abstandes der Hebel an beiden Benzinhähnen, die wiederum nach oben gedreht sich in ON-Position befinden. Wieder hochheben, einarmig stemmen, mit der freien Hand die Hähne schließen. Allmählich versteh' ich, wie der hohe Verbrauch zustande kommt. Und: HILFÄÄÄ! Hier steh' ich mit dem schweren Krüppel und hab' keine Hand frei, um dem Ding ein geeignetes Bett zu bereiten. Rettung: freundlicher Nachbar auf dem Weg zur Arbeit. Wir betten das DING sanft auf den Deckel der Verpackungsmülltonne. Eigentlich, denk ich mir, gehört's da rein, und nicht drauf.

Unter dem DING kommt so allerlei zum Vorschein, worauf ich mir gar keinen Reim machen kann. Und ich dacht' immer, ich versteh' was von Motorrädern ... also, den Luftfilter hab' ich erkannt, die Zylinderköpfe auch, Vergaser sind auch zu ahnen, aber ansonsten sieht's aus wie Laokoon in die Schlangen verstrickt: Ich hab eine geschlagene Stunde nur da 'draufgeglotzt, bis ich mich getraut hab' eine Leitung abzuziehen, die mir als ein guter Kandidat für 'ne Unterdruckleitung erschien. Abziehen, Daumen drauf, kurz Anlasser: Hurra, es saugt! Der Rest ist Routine und ging schnell. Allerdings ist es wirklich nicht ganz einfach, die („§§%@$%&/§***§!?!!) Schläuche und Strippen von unten an das DING zu kriegen.

Krad läuft und Öler ölt. Auf freundliche Anfragen teile ich gerne mit, wo ich die Unterdruckleitung gefunden habe. Aber jetzt fahr'n wir erst mal mit der Schwuchtel in die Schweiz. Tschö.

Hunde, die ans Motorrad pinkeln

Einem Rat-Biker aus Frankfurt-Niederrad
pisste ein Köter ergiebig aufs Vorderrad.
Er sprach: „Den Urin
nähm' ich ja noch hin,
doch um den Dreck auf der Felge ist's wirklich schad'."

Herbsttag

Geht's Euch auch so? Der Herbst kommt, und schon werd' ich melancholisch. Dann krieg' ich Reiner Maria Rilkes „Herbsttag" (das ist wirklich GROSSARTIG) nicht mehr aus dem Kopp und werd' suizidal. Da hilft nur eines: Flucht nach vorne! Rilke verarschen!

Herbsttag (Version für Motorradfahrer)

Jungs: es ist Zeit. Der Sommer war sehr groß.
Werft Euch noch einmal auf die Kräder,
und steigt ins Leder, lasst die Pferde los.

Versägt die letzten Autofahrer, die letzten Dosen dieses Jahr,
fahrt ihnen noch mal um die Ohren;
dann lasst sie ziehen, gebt's verloren,
die Blätter fallen: Rutschgefahr!

Wer jetzt kein Krad hat, klaut sich keines mehr,
wer jetzt noch Krad fährt, muss im Regen leiden,
wird fluchen, frieren, Postings schreiben,
und wird in Straßen, hin und her,
einsam fahren, wenn die Blätter treiben.

Macht Varadero fahren dumm, zittrig und impotent?

Vorab: Die pissgelbe Schwuchtel (tm) aka Varadero ist jetzt grad' zwei Wochen(enden) alt und hat 2100 km 'runter. Das ist, denk' ich, eine ganz gute Ausbeute für weekend warriors wie meine Süße und mich (na ja, „warriors" ist übertrieben ... probier'n wir's mal mit „Wochenend-Wanderer", um der knallharten Kritik der Eisenarschfraktion zuvor zu kommen). Schweiz, Odenwald, Franken, Westerwald ... das Ding tut also, was es soll: relativ lange Strecken bequem und hinreichend flott absolvieren. Ich bin des Lobes voll, aber Lob ist fad, und Meckern macht Laune, und Schadenfreude auf des Lesers Seite schafft dem Autor mehr Freunde als die Erzeugung von Neid. Deshalb eine relativ kurze Abhandlung über ein paar Dinge, die die Schwuchtel tut, und die sie eigentlich NICHT tun soll:

- Konstantfahrruckeln: „Tja", sacht der Honda-Mechanikus nach der Erstinspektion und guckt mich an, wie man eben einen armen Deppen anguckt, „Du hast den Scottoiler nich' richtig angeschlossen. Der zog Luft und sie lief zu mager. Ich hab's dir repariert." Schäm. Komisch nur, dass die Ruckelei nun noch schlimmer ist. War bislang zu faul, erneut unter den Tank zu gucken, um meinerseits seinen Anschluss zu überprüfen.

- Hinterradbremssattel läuft heiß: „Tja", sacht der Honda-Mechanikus nach der Erstinspektion, und sein Blick kriegt jetzt wirklich so was Mildes, Mitleidiges, denn offensichtlich schmerzt den guten Mann meine Dummheit, „ich hab' dir den Fußbremshebel was tiefer gestellt, damit du nicht dauernd drauf dappst." Wassollichmachen? Mir zur Abwehr des impliziten Vorwurfs der Inkompetenz das rechte Bein amputieren lassen und mit heiß gelaufenem Bremssattel an Krücken wieder vorbeikommen? Das Ding läuft übrigens immer noch heiß.

- Es tut gar grausam mit dem Lenker flattern. Ich dacht' schon an Morbus Parkinson meinerseits, aber womöglich geht das Gewackel auf das Konto der Fa. Metzeler. Metzeler Enduro 4: Vorderreifen eiert, sonst war das Handling ok. Metzeler Tourance: Vorderreifen eiert aber auch, zusätzlich fährt sich das Ding jetzt wie eine Schüssel voller Grütze (O-Ton eines Motorradheftchens, nett gesagt und so zutreffend). Mein Honda-Händler flucht schon - ich komm schon zum zweiten Mal gerannt und krieg' auf Kulanz neue Reifen. Den Michelin T66 mag ich nicht fahren (soll bei Nässe schlecht sein), jetzt wird vielleicht mal Bridgestone ausprobiert.

Natürlich hätt' ich schon längst mal die Felge vorne auf Rundlauf vermessen sollen. Ganz leicht, denkt man sich. Vorderreifen hoch, drehen, Messuhr, fertig. JAHA, aber nicht bei der Schwuchtel. Ich krieg' ihn nämlich nicht hoch (Nee, nicht was ihr denkt!), den Vorderreifen vom Boden, mein' ich. Hauptständer hatte ich mal ganz kurzfristig einen (ichmeinschonwiedernichtmichsonderndasKrad-natürlich!), aber der war nur im Weg (auch hier bieten sich Assoziationen an), und war vor allem bei schräg liegenden Stellungen hinderlich. Also hab' ich ihn gleich wieder amputiert, meinen Ständer. Aber wie gesagt, jetzt krieg ihn nicht mehr hoch ...

Von der Unmöglichkeit das Vorderrad einer Varadero ohne Hauptständer zu lupfen, selbst wenn man einen Bierkasten zur Hand hat

In - Seitenständer! - schräger Lage
stand das Ding in der Garage.
(dieser Reim, ist 'ne Blamage!)
Das Vorderrad, ich wollt' es lüpfen,
um dies und das zu überprüpfen,
(ich lass mir keinen Reim entschlüpfen!)
Zett Bee den Rundlauf meines Reifens
und auch den Grund des Bremsenschleifens.
(ist dieser Reim nicht herzergreifens?)
Unter des Motors Ölgehäuse
schob ich 'nen Kasten Gerstenbräuse
(dieser Reim ist wirklich Schoiße..)

- worauf das HINTERrad sich hebte,
das VORNE doch am Boden klebte.
(„heben, hob, gehebt" - zum Reim wird es verklebt)
Den Kasten weiter vorzuschieben -
das tut sich von selbst verbieten:
(das reimt sich, so wie hingeschrieben!)
Denn der Filter für das Oil - er
wird geschützt nur von 'nem Spoiler,
(dieser Reim, er ist ein Heuler!)
welcher ziemlich wacklig ischt,
wenn der abbricht ist das Mischt.
(ebenso wie dies Gedischt)

Chirurgische Praxis Dr. Wicht

Anamnese und präoperative Phase

Ein schwerer Fall. Geschlechtsumwandlung. DIE Varadero braucht einen Hauptständer, wodurch sie (was die primären Geschlechtsmerkmale angeht) zu DER Varadero wird. Und das schon zum wiederholten Mal. Die elende Transexuellenschwuchtel ... den originalen (Version 1) Hauptständer an DER Varadero musste ich schweren Herzens amputieren. Durch diese Entmannung entstand DIE Varadero, DIE allerdings dann um Ecken bewegt werden konnte, was bei DER Varadero, vor der Amputation, mit Funkenflug quittiert wurde. Der amputierte Ständer lag monatelang angeschliffen und schlaff in der Garage herum. Jetzt hat Honda ein Einsehen gehabt und tauscht die hondorigininole Manneszier, Version 1, gegen eine Version 2 (new, improved, angeblich stabil, doch schräglagentauglich) um. Kostenfrei.

Dialog beim Honda-Händler:

Ich: „Tschulligung, ich hab' gehört Honda tauscht die Hauptständer vonne Varadero um ..."
Er: „???"
Ich: „Dochdoch!"
Er: „Wo hawwessen des her?"
Ich: „ ... öööh - Internet, gerüchteweise, Varadero-message-board ..."
Er „Waas isch nix devo ... (blättert in einem Ordner mit technischen Rundschreiben von Honda ... findet nichts ... nach hinten, in die Werkstatt).. SCHOOORSCH!!"

(etliches Hin und Her, Schorsch bestätigt schließlich die Richtigkeit der Information und erklärt das Fehlen des entsprechenden Honda-Rundschreibens im Ordner durch einen technischen Defekt: Es sei beim Photokopieren vom Originaleinzug des Kopierers zerschreddert worden. Zum Beleg weist er ein ziehharmonikaartig verformtes Stück Papier vor. Ein neuer Ständer sei sogar auf Lager. Den rückt er aber nur 'raus, wenn ich den alten Ständer zuvor abliefere - man fürchtet scheint's, dass ich mit dem neuen Ständer abhaue, ohne je einen alten besessen zu haben. Da bekommt das schöne Wort vom „Motorradhändler meines geringsten Misstrauens" doch einen ganz neuen Sinn: Ich sollte mir den Händler suchen, der MIR am wenigsten misstraut!)

Etwas später:
Ich: „So - jedzt awwer" (und lege den alten Ständer auf den Tresen)
Er: „..unn' des Garantieheft?"
Ich: „???"
Er: „Ei, des iss'n Garantiefall, da brauch' isch all die Nummern, bevor ich den Stänner 'rausgäwwe kann."
Ich: (unterdrückter Fluch, schließlich will ich was von ihm) „Bin gleich widder da."

Noch etwas später:
Ich: „So - jedzt awwer“ (und lege das Garantieheft auf den Tresen)
Er: „Moment, isch photokopier' mer des schnell ...“
Es stellt sich heraus, dass der Photokopierer defekt ist.
Er: „Kannsde ned moje nochemol widderkomme?“
Ich: (kriege einen roten Kopf)
Er: „Is' ja gut, ich schreib' mer's so uff ...“
(Papierkrieg, nach 10 Minuten hab' ich den neuen Ständer)
Er: „Des ging doch jedzt zackisch, odder?“
Ich: „-“
Er: „Willsde des selwer aabaue?“
Ich: „Klaro!“
Er: „Viel Spaß!“

Es stellt sich im folgenden heraus, dass diese Anmerkung nur sarkastisch gemeint gewesen sein kann.

Die Operation

Ich: „Schatzi, ich geh' nur mal ein halbes Stündchen in die Garage, den Hauptständer anbauen.“
Sie: „Brumm -- Beeilung, wir wollen noch ins Kino!“
Ich: „Geht schnell ...“

In stabiler Seitenlage ruht die Patientin auf dem Seitenständer, während die einzubauenden Neuteile inspiziert werden. Aha. Der Ständer selbst hängt drehbar an einem Hilfsrahmen, welcher wiederum an das Krad geschraubt werden muss. Gewisse Vorbereitungen sind noch präoperativ durchzuführen, so müssen z.B die ausgesprochen kräftigen Haltefedern (Stücker zwo) des Ständers am Hilfsrahmen eingehängt werden. Trick 17 (Dehnung der Federn durch sukzessives Einlegen von Pfennigstücken zwischen die Windungen funktioniert nicht, weil die beiden Federn ineinander stecken: die kleine in der großen ...). Die notwendige kühne Improvisation bei fehlendem Spezialinstrumentarium (in diesem Falle fehlende Federzange; statt dessen: diverse Schraubenzieher als Hebel) erfordert äußerstes manuelles Geschick - SPROING - die Feder findet sich nach nur viertelstündiger Suche in der Wanne mit dem Altöl wieder. Zweiter Anlauf - KRACKSSPROING - die Feder ist diesmal in der dunklen Ecke hinter den Altreifen, außerdem sollte man nicht vergessen, beim nächsten Ausflug in den Baumarkt qualitativ bessere Schraubendreher zu besorgen. Der Billigkram taugt wirklich nur zum Schraubendrehen. Dritter Anlauf – SPROING – für kleinere Fleischwunden wird selbstverständlich Hansaplast in Reichweite bereit gehalten. Vierter Anlauf (Handschuhe, Schutzbrille, Schraubstock, diverse Gripzangen, Schraubendreher, kontrollierte Gewalt): Passt. Kleinere Lackschäden gehören zum Risiko jeder Operation und müssen hingenommen werden.

Der eigentliche Eingriff beginnt mit einer Sichtung des Operationsgebietes. Beim Menschen wie beim Krad ist die Region der Geschlechtsorgane delikat und verwinkelt. Rechts unten ist eigentlich alles klar, nur links unten, kettenseitig, ist die Sache ein klein wenig unübersichtlich und leicht verschmutzt. Dafür ist endlich geklärt, wo das ganze Öl abgeblieben ist, das über die letzten 12.000 km in den Scottoiler gefüllt wurde: genau hier! Dafür ist alles rostfrei. Der Auspuff sowieso. Edelstahl rostfrei. War einer der Gründe für den Kauf. Ganz klasse. Nie wieder Ärger mit rostigen Rohren. Jetzt nur schnell die eine Auspuffschelle da rechts ein wenig drehen, damit der Ständer Platz hat (mit dreizehner Ringgabelschlüssel bewaffnet unter's Krad kriechen), Kacke, passt nicht, is'n Japsenkrad, die verbaun' an M8 12er Köppe, also wieder hochrappeln (BOING - Birne am Bremshebel angerannt), 12er suchen, finden, abtauchen, Schraube drehen..???..dreht sich nicht ... ??? ... Büschen fester ... KRACKS ab. Jaha, die AuspuffROHRE, die sind rostfrei! Die Schrauben, die die Schellen halten, aber nicht! Im Gegenteil! Wahrscheinlich sind die Auspuffrohre nur deshalb rostfrei, weil die Schrauben den ganzen bösen Rost anlocken, so dass er vor Begeisterung über die leichte Beute den Auspuff anzufressen ganz vergisst. „Opferelektroden" nennt man das, glaub' ich, in der Galvanik. Ausbau der Schelle, Ausbohrung der sterblichen Reste der verrosteten Schraube, Nachschnitt des Gewindes. Zusammenbau mit neuer Schraube in umgekehrter Reihenfolge.

Anbringung des Hauptständers: das wäre ganz einfach, wenn man gleichzeitig links und rechts, neben und unter dem Motorrad liegen könnte. Das kann man aber nicht. Also bringt man das Dinges erst von RECHTS in Position, baut dann aus ein paar alten Holzklötzen eine Unterstützung drunter, geht nach LINKS, um die Steckachse einzuführen, die klemmt ein wenig, dann haut man mit dem Gummihammer drauf, dann fällt die Holzklotzkostruktion zusammen und der Ständer fällt dengelnd auf den Boden. Dann geht man wieder nach RECHTS und bringt das Dingens in Position, baut aus ein paar alten Holzklötzen eine Unterstützung drunter, geht nach LINKS, um die Steckachse einzuführen, die klemmt ein wenig, dann haut man mit dem Gummihammer drauf, dann fällt die Holzklotzkostruktion zusammen und der Ständer fällt dengelnd auf den Boden. Dann geht man wieder nach RECHTS ... erinnert doch irgendwie an den Geschlechtsakt: da muss man auch gewisse Bewegungen öfters wiederholen, bevor sich der Erfolg einstellt. Und es dauert länger als man denkt ...

Der Haussegen hängt seither etwas schief, denn ins Kino kamen wir an dem Abend nicht mehr. Gefahren bin ich mit DER geschlechtsumgewandeltem Varadero auch noch nicht. Aber immerhin, der Ständer steht ganz prächtig, fraglich ist noch, wie's um die Ecken geht

... und jetzt noch die Gabelfedern

Nach erfolgreich abgeschlossener Geschlechtsumwandlung (siehe oben) stand der Samstag dieses Wochenendes im Zeichen der Potenzsteigerung:

„Willst Du den Vorderbau versteifen?
Potenzfeedback vom Vorderreifen?
Viagra steift die Manneszier,
für Varadero raten wir
zu Federn von der Firma Wirth,
damit sie vorne härter wird."

Tatsächlich zieht es die Fa. Wirth vor, mit Stabreimen zu werben („Wirth wirkt Wunder"). Jedenfalls war's auch gereimt, die Werbung zog also bei mir, bestellt, prompt geliefert - die progressiven Federn lagen seit Wochen herum.

Die Operation

(Samstag nachmittag, 15.00 Uhr)

Ich: „Schatzi, ich geh' nur mal kurz in die Garage, die Gabelfedern einbauen."
Sie: (eingedenk' der Schraubaktion vom vorangegangenen Samstag): „Sei leise, wenn du wieder hochkommst, ich schlaf' dann wahrscheinlich schon ..."

Um 15.35 waren die alten Federn draußen und die neuen drin. Ich wollt's nicht glauben und hab' sicherheitshalber nochmal alles auseinander- und wieder zusammengebaut, aber es ging wirklich schnell und problemlos. Die potenzsteigernde Wirkung stellte sich auch sofort ein, und die Süße war ganz platt, als ich mit stolzgeschwellten Organen schon um 16.15 wieder in der Wohnung auftauchte. Sehr angenehmer Nachmittag, wir hatten ja nix weiter vor ...

Postoperative Phase

(Sonntag, 9.00 - 19.00, Odenwald)
Was soll ich sagen? Goil! Ein Gedicht, das neue Fahrverhalten!

Vorher war die Gabel schlaff,
hinterher, da war sie taff!
Vorher macht' mein Vorderbau
bei jedem Bremsen 'nen Kotau.
(Kotau: den Chinakaiser loben –
man verbeugt sich bis zum Boden)
Jetzt trägt die Vara stolz ihr Haupt
erhoben, was es mir erlaubt,
frech in Kurven reinzubremsen,
Bremse los, in Schräglag' wemsen,
um die Eck', zack, auf das Gas ...
ja, so macht die Sache Spaß.

Na ja, und so weiter und so fort. Jedenfalls frag' ich mich nach dem Umbau, warum Honda solche Federn nicht von vorneherein verbaut. Allerdings: jetzt, wo das Vorderende fit ist, merkt man so richtig, dass das Hinterende von einer etwas strafferen Dämpfung profitieren würde. Mal die Öhlins Web-Seiten (vorher aber den Geldbeutel) inspizieren ...

Gedicht auf Hannes D., den Sturzkönig

Hannes Deeken schrieb (Kathinka Diehl zitierend):
„Man muss doch die Chance haben, gepflegt auf die Schnauze zu fliegen!"

Hmmm - das schreit nach einem Spontangedicht:

Hannes D., „die Rastenkratze" -
schon liegt er wieder auf der Fratze.
Hannes D., „der Schrägenkönig" -
schon wieder fehlt ihm Raum - nur wenig.
Doch
Hannes D., „Herr 60 Grad" -
liegt schon wieder unterm Krad.
Hannes D., „ich bremse später" -
wieder braucht er Sanitäter.
Doch
Hannes D., „ich hab's im Griff" -
gibt den Rasten wieder Schliff.
Hannes D., „the king of crash" -
ich wünsche Glück und wenig Pech.
Doch
sollt' ich jemals vor dir schleichen,
bitt' ich um eins, lass' dich erweichen:
in Kurven, überhol' mich AUSSEN,
frei sei dein' Weg zum Seitwärtssausen.

Spritmangelgeschichte

Neulich, auf der BAB Richtung Leipzig, öde, langweilige Fahrerei mit dem Motorrad, und meine Gedanken schweifen so hierhin und dorthin ... also: Die Varadero hat ein gelbes Lämpchen, das angeht, wenn der Sprit ausgeht. Na ja, erfahrungsgemäß sind dann noch etwa fünf Liter drin, vom Ausgehen kann also beim Angehen der Kontrolllampe eigentlich nicht die Rede sein. Für 80 km reicht das immer noch. Meine Holde aber, erprobte Sozia und schwergeprüftes Eheweib, wird sofort hysterisch, wenn das Lämpchen brennt. Eine plötzlich aufflackernde Öldruckkontrollleuchte würde sie weniger in Panik versetzen als jene harmlose gelbe Lampe.

Gut also. Das Lämpchen flackert und ich passiere die erste Tankstelle, ohne anzuhalten. Fieses Zwicken von hinten in meiner Lendengegend. Als ein Schemen der zweiten Tankstelle von ferne am Horizont sichtbar wird (kaum erkenne ich es als Tankstelle), kommt von hinten ein wildes Gestikulieren, das mich zur Tankstelle leiten soll. Ich fahre weiter.

Jetzt, muss man sich vorstellen, kommt gaaaanz lange keine Tankstelle mehr. Mindestens so etwa 80 km lang. Unterdessen hat auch die Landschaft gewechselt: Fuhren wir eben noch durch holde Auen und grüne Wäldchen, in die hie und da Tankstellen eingestreut waren, so fahren wir jetzt durch eine freudlose Wüstenei. Verdorrte Bäume strecken hilfesuchend ihr verzweigtfingriges Geäst in einen gelbgrauen Himmel, aus dem es lange nicht geregnet hat. Kahle Berge verstellen drohend den Horizont, zyklopische Felsen besiedeln den Grund des schrecklichen Tales. Trockenes Gras neigt sich einem anschwellenden Wind, der das Losbrechen des Unwetters anzeigt, das nur einmal in einem Menschenalter diese Ödnis mit fürchterlicher Feuchte und stürmenden Sturzfluten durchnässt. Auto ist uns auch schon ewig keines mehr begegnet. Und dann geht uns der Sprit aus.

Sozia (absteigend, Helm 'runterreissend): „Du Arschloch!"
Ich (kleinlaut): „Na ja, ich dachte, da käm' noch eine ..."

Noch bevor sie mich, tränenüberströmt, in weiteren Vorwürfen ertränken kann, bricht das Unwetter mit Macht über uns herein. Im Nu verdunkelt sich der gelbgraue Himmel zu einem schwarzen Sack, der sich wie ein Leichentuch über uns moribunden Motoristen spannt. Die Schleusen des Firmaments öffnen sich, fahle Blitze zucken aus dem Zenit, handgroße Hagelkörner und traubengroße Tropfen stürzen auf uns ein. Dann stürzen schwellende Sturzbäche schäumend von den waidwunden, schorfigen Flanken der kahlen Berge. Sie reißen uns fort, zerschmettern unsere Leiber an scharfkantigen Felsen. Nach Tagen erst, das Unwetter ist lange vorbei, findet uns ein Pack hungriger herrenloser Hunde. Schon brennt wieder eine gnadenlose Sonne über dem öden Tal, während die räudige Meute sich kläffend um die grotesk aufgedunsenen, stinkenden Überreste unserer Kadaver balgt ...

Schlag von hinten gegen meinen Helm: „He, penn nich' ein! Das Lämpchen brennt, wir müssen tanken. Und überhaupt - was treibst du im MEINEN Alpträumen?"

Schweizer Rache

(Deutsche sind in der Schweiz nicht übertrieben beliebt. Sie werden unisono als „Schwaben/Schwoobe" bezeichnet, auch wenn es Hamburger sein sollten. Wobei „Schwoob" sogar die milde Koseform der umgangssprachlichen helvetischen Bezeichnung für die Bewohner Deutschlands ist. Normalerweise heißt es: „Sauschwoob". Ich kenn' mich da aus, denn ich bin mit einer Schweizerin verheiratet.)

Wilhelm Tell, laut deklamierend zu seinen eidgenössischen Motorradkumpels:

„Durch diese hohle Gasse woll'n wir brommen,
solange bis die Schwaben kommen,
und hier, an jenem Steig zum Pass
machen wir sie gründlich nass.
Uns're Kräder, uns're Rache,

vorwärts mit der Schweizer Sache!
Keine Angst um Leib und Leben,
denen woll'n wir Saures geben!
Freiheit für die Eidgenossen!"

Tell, sehr leise zu seinem Sohn:
„Vollkasko hab' ich abgeschlossen ... !"

Grußregeln unter Motorradfahrern

In diesen Zeiten, anno domini MIM, in denen die StVO vermutlich umfangreicher ist als das alte und das neue Testament zusammen (von der Kürze der 10 Gebote gar nicht zu reden ...); in diesen Zeiten würde ich mich hüten, irgendwelche weiteren Regeln auch nur denken zu wollen.

Wenn ich an viel befahrenen Sonntagen vor lauter zweirädrigem Gegenverkehr die linke Hand nicht mehr zum Kuppeln an den Lenker kriege, dann lass' ich's halt bleiben. Das Grüßen, nicht das Kuppeln. Ohnehin hab' ich mitunter den Eindruck, als sei die Grüßerei in vielerlei Hinsicht zu einen Spielchen verkommen: Wer die Hand als erster vom Lenker hebt, verliert, wer sie aber erst so spät hebt, dass der Entgegenkommende sie nicht mehr sehen kann, verliert auch. Zusätzliche Würze kriegt das Spielchen dadurch, dass implizite erwartet wird, dass der hubraum- (oder prestige-) unterlegene Fahrer zuerst grüßt. Und wer 125er grüßt, womöglich noch als erster, verliert sowieso. Harleyfahrer haben Nicht-Harley-Fahrer herablassend-lässig zu grüßen. Ausgesprochene Freude ist jedoch kund zu tun, wenn man einem typgleichen Motorrad begegnet. Fahrer von Veteranenfahrzeugen haben Grüße würdevoll anzunehmen, aber nicht auszuteilen usw.usf. Manchmal hab' ich Lust auf das Spiel, dann mach' ich mit, Sonntagmittags meistens nicht. Wenn ich aber nach 'ner Stunde einsamer Fahrt bei Regen im Mittelgebirge mich wirklich freue, einen entgegenkommenden Kollegen zu sehen, dann grüß' ich. Was brauch' ich Regeln? Doch, eine altehrwürdige Regel der Motorradfahrerei halt' ich dann doch für angemessen: am Straßenrand hat einer ein Problem: Du hilfst.

Fraglos. Aber nicht wenn schon 20 nebendran stehen.

Hessischer Dialog am Montag:

„Ei, Schorsch, was issen los, du hast ja die link' Hand eigegipst?"
„Des kimmd vom Modorradfah'n."
„Bisde uff die Fratz gefalle?"
„Ach was, awwer isch hab de ganze Sonndaach in aam ford de linke Aam hochgeroppt, weil mer dauernd aaner entgäschegekomme is."
„Unn dadevo is des?"
„Ned direggt."
„Wie, ned direggt? Indireggt?"
„Ei ja, wie isch am Sonndaach aawend uff'm meim scheißenge Scheißhaus hogg unn die Franggforter Rundschau läs, da hawwe die uff aamool beim Umblättern uff de dridde Seid e Bild vonneme Motorradfahrer von vorne und da had's mer de linke Aam widder hochgeroppt unn dadebei habbisch de Allibert[24] zerkloppt unn mer an de Spieschelschäärwe bees die Hand verschnitte ..."
„Des is schee bleed ..."
„Ja, awwer was misch am meisde ärschert iss, dass isch erst hinnerher gemerkt hab, dass ich den Kerl gar ned hätt grüsse müsse: es war nämlisch nur e Hunnertfünfenzwanzischer uff dem Bild ..."

Immanuel Kant (I)

Immanuel Kant schreibt in der Kritik der reinen Vernunft: „Der Mensch glaubt nur das verstanden zu haben, was er konstruieren kann." Foucault würde sagen: „Der Mensch hat nur das verstanden, was er dekonstruieren kann". Hierzu ein dekonstruktiver Limerick:

Ein kradfahr'nder Philosoph in Toulouse,
der sagte am Montag : „Ich muss,
um mein Krad zu kapieren,
das Ding demontieren!"
Jetzt geht er seit Dienstag zu Fuß.

24) Allibert: Das unvermeidliche Spiegelschränkchen Marke Alibert. Gibt es die eigentlich noch?

Die Endlösung der Eichhörnchenfrage (Das Fahrrad des Chirurgen)

(zur Abwechslung 'mal 'ne Fahrradgeschichte)

„Ach", sagt mein Fahrrad,- träumt mir, dem Chirurgen -, „ach, mir ist's leid. Ich werde getreten, dauernd getreten, über holprige Wege und oft auch noch weit. Ständig Bordsteine, mitunter gemeine, auf Fahrradwegen - und oft ist er breit."

Was denn? Wer ist hier breit, ich, mein Fahrrad oder der Radweg? Und seit wann träume ich in holprigen Hepta- und Octametern? Gleichmal muss ich aufwachen und den Gemütszustand meines Fahrrades mit messerscharfen Löffeln und mit der chirurgischen Pinzette untersuchen (Das sind jene Pinzetten, die scharfe Häkchen am Ende haben. Etwa so, wie ein umgedrehtes „v" [„^"] in ein „w" eingreift. Damit kann man die sich weich windenden Würmer widersinniger Wahnvorstellungen wunderbar festhalten, um sie später bis zur Neige scharf auszulöffeln). Stumm steht mein Fahrrad an die Wand gelehnt und schaut mich aus traurigen Lenkerenden an. Blutschwarze Schmiere tropft von der Kette, die seine Zahnkränze fesselt. Rund um seine Lager haben sich Krusten aus Gelenkschmiere und Schmutz gebildet. Es rührt sich nicht.

„Mistvieh!", rufe ich und schwenke drohend die chirurgischen Instrumente, „Wer gibt dir das Recht, meine Alpträume zu verunstalten?" Es rührt sich immer noch nicht. Vorsichtig greife ich mit der chirurgischen Pinzette nach der straff gespannten Saite, die sich zwischen den Schenkeln seines Rahmens spannt. Als ich sie kaum berühre, geht ein leichtes Zittern durch all seine Züge, es rutscht von der Wand, fällt auf die Seite und ist tot. Das Vorderrad dreht sich noch ganz langsam und will gar nicht aufhören, bis ich ihm sanft die Bremsbacken zudrücke.

Ach, namenloser Jammer! Mein Fahrrad ist tot! Schon will ich mich anschicken, die letzten unzüchtigen Verrichtungen an ihm vorzunehmen (und habe die einsteckbare Sattelstütze schon zur

Hand), als mein Fahrrad plötzlich wieder zu Leben kommt. Erst schwillt das untere Rahmenrohr ein wenig, dann bläht es sich zuckend mehr und mehr und schließlich platzt es der Länge nach mit einen leisen „Plop" auf. Aus dem geschwollenen, gerissenen Rohr quellen dutzende, hunderte, unzählbar viele winzig kleine braunpelzige Eichhörnchen und alle radeln vor Vergnügen kreischend auf Miniaturfahrrädern. Erst breiten sie sich flach wie ein dickflüssiger Soßenfleck auf dem Boden aus, zerstreuen sich dann zu dünneren rostbraunen Rinnsalen, aber endlich finden sie mich. Aus allen Richtungen ballen sie sich um mich zusammen und radeln fröhlich fiepend meine Hosenbeine hoch und dringen durch jede erdenkliche Körperöffnung in mich ein. Ein kitzliger brauner Pelz bedeckt mich und in mir drin fahren sie munter in meinen Hirnwindungen Geisterbahn und in meinen Darmschlingen Slalom. Mir wird ganz kribbelig und schwach.

In einer fast vergessenen Ecke meines Gehirns findet sich ein letztes Stück eichhornfreier Willenskraft und ich brülle: „Nun ist aber Schluss! 'Raus hier!" Die Hörnchen trollen sich stumm mitsamt ihren Fahrrädern und ich tu' sie erst mal in einen großen Pappkarton. Als es darin nach einiger Zeit allzu jämmerlich zu fiepen beginnt, erlaube ich ihnen auf einer flach ausgelegten Straßenkarte von Südhessen das Rennen „Rund um den Hennigerturm" nachzufahren. Das tun sie mit kreischender Begeisterung. Nur bei den Bergwertungen tun sie sich schwer, da gibt's immer wieder Massenankünfte und auch grandiose Stürze auf den Abfahrten, weil das Feld auf der flachen Karte zu eng zusammen bleibt.

Später, als ich meinen alten Freund und Hausarzt Dr. Stehle konsultiere (man geht ja als Chirurg nur ungern zum Internisten, aber so dann und wann ...), sagt der: „Ja, gar nicht sooo selten. Ein metastasierendes Velozipedom. Ist aber benign, geht im allgemeinen vom guten Zureden wieder weg. Hast du ja gesehen." Ich muss husten und spucke dabei noch zwei verschreckte Hörnchen auf Fahrrädern aus, die sich auf Dr. Stehles Schreibtisch fragend nach Gesellschaft umsehen. „Spätfolgen", sagt Dr. Stehle, und, zu den Hörnchen gewandt: „Na, Jungs? Lust auf action?" Begeistertes Kopfnicken. Er nimmt sie mit ins Nebenzimmer, da hat er auf 40 Quadratmetern die ganze Tour de France aus original Michelin-Karten nachgebaut. Mit Bergwertungen. Aus Pappmaché-Bergen. Da fahren seine Eichhörnchen begeisternde Etappen. Er setzt meine zwei dazu, aber denen geht schon am ersten Anstieg zum Col de la Schlucht die Puste aus. Dr. Stehle schaut mich mitleidig an: „Das ist aber ein schlappes Velozipedom. Hör' endlich auf zu rauchen!"

Nachdenklich stecke ich mir eine Zigarette an, worauf mein Freund Stehle mich raus wirft. Daheim baue ich meinen Hörnchen den Feldberg aus leeren Raviolidosen und zerknüllten Zigarettenschachteln nach und die mutigeren unter ihnen machen sich sogar auf den Weg. Die wenigsten kommen oben an.

Ich begucke so meine keuchenden Hörnchen und komme zu dem Schluss, dass es Zeit für die Endlösung der Eichörnchenfrage ist. Das geht so ja nicht. Demnächst wollen sie Paris-Roubaix fahren und wie, um Himmelswillen, baut man Miniaturkopfsteinpflaster? Außerdem mangelt es mir an Lebensraum, schon jetzt kostet mich „Rund um den Hennigerturm" mein halbes Wohnzimmer. Die Hörnchen müssen weg. Wie? Ganz einfach: Vergiftete Nüsse als Proviant vor dem letzten Anstieg zum Feldberg ausgelegt raffen die Masse der Hörnchen dahin. Der überlebende Rest verfängt sich kläglich in einem heimtückisch an der Feldbergabfahrt ausgelegten leimigen Fliegenfänger und Hörnchen samt Karte und Fliegenfänger wandern schnurstracks in den Abfalleimer. Friede ihrer Asche.

Und schon graut der Morgen. Zeit aufzuwachen und das Fahrrad zu besteigen, Zeit, zur Arbeit zu kommen, Zeit, um die Pinzetten zu greifen, Zeit, um mit scharfen Löffeln Schöße zu durchwühlen, Zeit, sich nicht anfassen zu lassen von fremden und eigenen Eichhörnchen, Zeit, die Worte zu finden, die wir brauchen, um uns gegen die Plage zu wehren. Zeit, die wir brauchen zur Endlösung der Eichhörnchenfrage. Und der Chirurgenfrage.

Loblied auf die technische Kompetenz von drm

Ein Möchtegernbiker aus Austria,
dem waren grundlegende Dinge nicht klar.
Er fragte um Rat,
d.r.m. schritt zur Tat
- jetzt fährt er ein Auto und hält's für ein Krad.

Loblied auf's Internet

Durch's Modem quillt der Datenfluss -
doch dechiffriert sind's Fladen Stuss.
Binäre Zeichen auf der Reise -
entziffert sind sie reichlich Scheiße.

Per TeCePe / Ai Pi - Verbindung
krieg' ich am PeCe Hirnverwindung,
beim Lesen und beim Bildschirmschaun
schmilzt mir das Hirn zu mildem Schaum.

Weihnachtsgeld

Jedes Jahr dasselbe Drama: Wie verjuxe ich mein Weihnachtsgeld, BEVOR die Holde, ihrem angeborenen Spartrieb folgend, die Kohle für eine ungewisse Zukunft auf die hohe Kante schiebt?

Diese Jahr: IDEE. Sie kriegt auch was, wir kriegen beide was: neue Motorradklamotten. Und zwar aus Textil. Meine bisherige Erfahrung mit Textilien beschränkt sich auf eine Belstaff-Ausrüstung in vorangeschrittenem Alter und Zerfallszustand, stets gut gewachst und von entsprechender haptischer (einmal angefasst - schwarze Ränder unter den Fingernägeln) und olfaktorischer Qualität („Alte Motorradfahrer sterben nicht – sie riechen nur so.")

Jetzt aber: nicht an's Geld denken, Augen zu und durch, ist eh' alles Jacke (Dainese) wie Hose (Rukka), Protektoren überall, Gore-Tex und Kevlar und Hightech und wahrscheinlich noch irgendwo ein Mikroprozessor eingebaut, der permanent die Anzahl der Reißverschlusszähne überwacht („Bitte schön, ist diese Jacke jahrtausendfest?"). Dann der Blick auf die Preisschilder, die Pupillen weiten sich angstvoll, der Verkäufer schlägt beschämt die Augen zu Boden und murmelt was von „Ist halt das Beste" und ich handele 10 Prozent Rabatt 'raus. 2x Jacke, 2x Hose: für das Geld hab' ich früher komplette gut erhaltene Motorräder gekauft. Leicht betreten ob dieses Gedankens schleppe ich das teure Bündel Klamotten auf dem Fahrradgepäckträger nach Hause. Ha, am (vergangenen) Wochenende wird die Sache ausprobiert. Hat was. Zwar dauert es eine ganze Weile, bis ich mich in die Jacke eingereißverschlusst und zugedruckknöpft habe, aber wenn man mal drin ist, verleiht einem das Ding schon Haltung. Doch doch. Mit dem Rückenprotektor steht man automatisch ziemlich kerzengrade, kein schlaffes Geschlappe, aufrechter Gang. Die Schulterprotektoren ersparen das Geld fürs Bodybuilding und die Süße macht Kommentare wie: „Das sieht ja aus, als ob du Muskeln hättest." Hmmpff. Soll mal ganz ruhig sein. Wenn ich sie so angucke, in ihrer Jacke und Hose

- noch ohne Helm auf dem Kopf - das sieht aus, als ob ihr Kopf eine Nummer zu klein wäre, hat so was vom Michelin-Männchen. Das sag' ich ihr auch, als Retourkutsche, und sie drängt nach draußen, aufs Krad, denn ihr wird in den Klamotten warm. AHA! Erster Sieg! Ihr ist WARM! Sonst war ihr nämlich immer kalt. Nach 200 Kilometern durch den Odenwald ist ihr immer noch warm. Mir auch. Und nach den Glühweinen in Rothenburg wird's uns beim Rumlaufen SEHR warm. Die Klamotten machen sich bezahlt. Allerdings gibt's ein paar technische Probleme. Die Dainese-Jacke hat mehr Taschen an mehr verschiedenen Stellen als ich freie Fächer in meinem Gedächtnis habe. Viel Zeit vergeht bei der Suche nach Schlüsseln, Zigaretten, Feuerzeug und Geld. Wahrscheinlich hat die Jacke aber irgendwelche geheimen Gänge, durch die die Gegenstände zwischen den Taschen wandern. Wenn ich das Feuerzeug z.B in die linke untere äußere Klappentasche tu', taucht es bei der nächsten Durchsuchung garantiert in der rechten inneren oberen Reißverschlusstasche des Innenfutters wieder auf. An die komm' ich aber nur 'ran, wenn ich allerlei Druckknöpfe und Reißverschlüsse in umgekehrter Reihenfolge des Zusammenbaus ... usw.usw. Zirkusreif. Zusätzlich kann man Dinge in die Fächer der Protektoren stecken, wo man sie garantiert lange nicht wiederfindet. Vielleicht kann man die Jacke eines Tages als eine Art von Museum ausstellen: das Leben eines Motorradfahrers, vollständig dokumentiert durch den Inhalt seiner Jackentaschen.

Die Hose ist auch gut. Die hat sogar einen Reißverschluss da, wo man bei einer Hose einen erwarten würde. Allerdings wurde aus Gründen der Wasserdichtigkeit der Schlitz dahinter weg gelassen. D.h. die Hose ist von außen UND von innen wasserdicht, was meine Süße schadenfroh zur Kenntnis nimmt: „Jetzt siehste'de mal, wie's uns armen Frauen geht – wir müssen zum Pinkeln auch immer die Hose runterlassen." Solange die Prostata dem Druck des Strahles noch keinen allzu großen Widerstand entgegensetzt (noch geht's), kann ich allerdings, ohne die Hose ganz ausziehen zu müssen, im Bogen über den Rand pinkeln. In zehn Jahren, oder so, könnte es kritisch werden. Wie lange halten so Textilklamotten?

Gedicht anlässlich einer Reptilienausstellung in Castrop-Rauxel

(jemand machte Reklame für diese Ausstellung)

Biker, um Castrop-Rauxel herum,
kommt in Massen zur Auxstellung!
Da gibt es Schlangen,
(kurze und langen)
und Kröten – Millionen
(mit Schild oder ohnen),
Grünleguanen
(die fressen Bananen),
glibbrige Molche
(sonne und solche)
und Salamander
(gelblich mäandert),
auch Krokodile
(aber nicht viele) ...
Was, ihr Strolche?
Ihr wollt keine Molche?
Auch kein Krokodilen?
Zum damit Spielen?
Auch kein' Waran?
Zu abgefahr'n?

Dann bleibt halt daheim,
dann geh' ich allein.
Ich brauch ja nicht viel:
nur'n Krokodil.

ABER WENN ICH DANN KROKOLEDERSTIEFEL HAB' UND IHR NICHT, DANN MECKERT NICHT, DASS IHR NICH' BESCHEID GEWUSST HÄTTET!

Eigenbau mit glasfaserverstärktem Kunststoff

Frage:
Kennt sich jemand mit GFK gut aus, und wie ich so etwas am besten mache?

Antwort:
Immer dem Sinn der Abkürzungen folgend:
Erst mal muss man - **G**ute **F**ormen **K**onstruieren. Vorsicht mit den Glasfasermatten, die machen bei unvorsichtiger Handhabung - **G**anz **F**iese **K**rümel.
Die Lösungsmittel des Kunststoffes sind - **G**enerell **F**urchtbar **K**rebserregend.
Man muss mit dem Kleber der Matten deshalb - **G**anz **F**orsichtig **K**leistern.
GFK ist, solange noch nicht ausgehärtet - **G**anz **F**ürchterlich **K**lebrig.
Die unbehandelte Oberfläche ist oft rauh, man sollte deshalb – **G**roßzügig **F**üllspachtel drauf **K**latschen. Dann sollte man - **G**ründlich **F**erschleifen **K**önnen.
Wenn man 'ne (grüne) Kawa hat, kann man dann - **G**rüne **F**arbe drauf **K**übeln. Wenn man dann fertig ist, stellt man fest: Man hätte das Dings – **G**ünstiger **F**ertig ge**K**auft.

Problem Kuhfladen - schüttelgereimter Limerick

Ein bikender Bauer aus Ladenbach
erfand für die Kühe ein Fladenfach:
ein Sack unter'm Arsch
beim Albabmarsch.
So legt sich kein Biker im Fladen flach.

Limerick aus der Rechtsmedizin

Ein Hayabuschist aus Bolanden
fuhr mit dreihundert in die Leitplanken.
Beim Brockensortier'n
fehlt' das Gehirn:
es war auch vorher nicht vorhanden.

Im Inneren der Black Box[25]

Es hat ja hier in jüngerer Zeit zahlreiche Diskussionen über die Vor- und Nachteile und die Funktionsweise von „Black Boxes" gegeben. Generell endeten diese Diskussionen in einer gewissen technischen Rat- und Hilflosigkeit, was die Erkennung von Fehlerquellen in diesen Dingern angeht. Nach der Lektüre der einschlägigen Fachliteratur (Karl Murx: „Das komputistische Manifest", Leo Transistotzkij: „Die permanente Revolustrom") bin ich jetzt endlich dazu in der Lage, die wahren Zusammenhänge im Innern und in der Umgebung dieser Boxes zu durchschauen.

Zündspule: „Kann das jetzt endlich losgehen, ihr Schwachstromelektriker?"
Transistor: „Schnauze, du Grobspannungsheini!"
Hall-Geber: „Wenn du glaubst, daß du uns befehlen kannst, dann bis'de schief gewickelt!"
Zündspule: „Was'n bei euch los?"
Microchip: „Die Nicht-Integrierten ham' Krach und diskutier'n das noch aus ..."
Hall-Geber: „Die sturen Dioden haben angefangen!"
Quartett der Dioden im Gleichrichter: „Wechselstromweichei!"
Hall-Geber: „Gleichstromwichser!"
4. Diode: „Ohne Magnetvorlage kriegst du doch gar keinen hoch! Kapitalisten ... ääh: Magnetistenknecht! Induktionsjunkie!"
Zündspule: „Moooment, Mooment ..."

25) Gewisse Grundkenntnisse bezüglich der Funktionsweise und Wesenheit elektronischer und elektromechanischer Bauteile erhöhen den Genuss dieser Kurzgeschichte beträchtlich. Konsultieren Sie Ihr Physiklehrbuch.

Hall-Geber: „Homopolare Schwuchteln!"
Quartett der Dioden: „Des geht so nicht durch!"
1. Diode: „Mir passt die ganze Richtung nicht!"
3. Diode: „Mir auch nicht!"
Kondensator: „Die Richtung is' doch völlig wurscht! Hauptsache Spannung: aber nicht so viel, bitte!"
Zündspule: „Schlappschwanz!"
Kondensator: „Schnellspritzer!"
Transistor: „Ähhh - dürfte ich auch mal was ..."
2. Diode: „Umfaller, prinzipienloser!"
4. Diode: „Jawoll: immer dasselbe mit dem Scheißtransistor - ein bisschen Spannung auf'm falschen Fusß – schon gibt er seinen Widerstand auf: Verräter, rückgratloser! Kein Klassenbewusstsein!"
Zener-Diode: „Also, wenn ich dazu auch mal was sagen ..."
Quartett der Dioden: „O Gott – die missratene Verwandtschaft! Verräter! Nestbeschmutzer! Klassenfeind!"

Microchip: „Könntet ihr mal alle einen MOMENT Ruhe geben? Da vorn kommt so'n Typ mit'm Diagnosestecker ... oder wollt ihr, dass wir alle gemeinsam auf'n Müll gehen?"

Microchip: „So, er is' weg. Alles bingo, er hat nix mitgekriegt. Könnten wir das jetzt mal emotionslos ausdiskutieren"
1. Diode: „Was?"
Microchip: „Na, die Spannungen hier!"
Zündspule: „Hast du was gegen Spannung?"
Microchip: „AAAARRRGHHHH!"

Dann plötzlich, aus weiter Ferne, irgendwo aus dem Rahmendreieck, die Stimme eines sehr alten *Starterrelais* (eines Veteranen der Revolustrom): „Die Organisation der arbeitenden Massen ist der erste und notwendigste Schritt auf dem Weg zur Diktatur des Prolektronariats!"

Microchip: „Der Alte hat Recht - wir gründen 'ne Gewerkschaft."
Kondensator: „Au ja – wie soll 'se heißen?"
Microchip: „GaBBB - Gewerkschaft aller BlackBoxBausteine."
Transistor: „ ... und Transistoren/Thyristoren!!!!"
3. Diode: „Arrogantes Arschloch!"

2. Diode: „Aber die Abkürzung kommt gut: GaBBBuTT!"
Alle im Chor: „Genehmigt!!"
Zündspule: „Und unser Programm?"
Chor der Widerstände: „Widerstand! Und 10 Prozent Ohmerhö.. - - ähh, Lohnerhöhung!"
Zündspule: „ ... das muss heißen: Stromerhöhung!"
Kondensator: „Mehr Faradwege!"
3. Diode: „Dafür gibt's die Grünen. Mehr Einbahnstraßen! Gleichschaltung aller elektronischen Kräfte!"
Microchip: „Das ist faschistisch!"
(Dünne Stimmchen aus dem Inneren des Microchips): „Freiheit für die Integrierten!"
Hall-Geber: „Du hast Internierte – ähh: Integrierte da drin? Binarisierte Brüder womöglich?"
Microchip: „ ... naja, ich, ähh, die Umstände ..."
Transistor: „Freiheit für die Integrierten! Nieder mit der digitalen Sklaverei!"
Alle zusammen: „Macht ihn fertig!"
Zündspule (zu den Dioden): „Guckt mal kurz weg ..."
Quartett der Dioden: „OK, aber nur für'n guten Zweck ..."
Zündspule: (monströser Wechselstromimpuls)

Microchip:
FATAL ERROR 234: FEET ON FIRE!
FATAL ERROR 234: FEET ON FIRE!
FATAL ERROR 234: FEET ON FIRE!
FATAL ERROR 234: FEET ON FIRE!
FATAL ERROR 234: FEET ON FIRE!
FATAL ERROR 234: FEET ON FIRE!
FATAL ERROR 234: FEET ON FIRE ...

Lehrling: „Meister, ich tick' das nich' ... der Diagnosestecker sagt: Alles ok, aber die Kiste hat drei Minuten nach der Diagnose schon wieder kein' Zündfunken!"
Meister (so etwa Mitte 50): „Das kommt, weil du KEINE Scheckung von Elektronik und Gesellschaftskritik hast. Da muss man nich' nur'n Diagnostecker reinhalten wie'n Schwanz inne Möse, da brauch' man GEFÜHL für ... und 'ne Schulung in Marxismus/Leninismus ... lass' mich mal!"

(Pause, Meister guckt)

Lehrling: „Und?"
Meister: „Da drin geht ganz schön heiß her ..."
Lehrling: „Und daran liegt's?"
Meister: „Kann sein. Aber der wahre Grund liegt tiefer. Auf der gesamtgesellschaftlichen Ebene, sozusagen. Da braucht man materialistische DIALEKTIK und GESELLSCHAFTS- und GESCHICHTSKRITIK für um das zu verstehen. Freiheitskampf der Versklavten. Klassenkampf. APO: Aussermikroprozessorische Opposition, Revolution ..."

Lehrling (zu sich selbst): „Ich hasse diese Alt-68er Sozioschwuchteln."

Klagelied (Was geht mer's so dreggisch)

Das ist wirklich dumm,
doch die Welt fällt nicht um,
wenn man sie durchschaut –
ist solide gebaut.

Des is werglich dumm,
doch die Welt fällt net um,
wemmerse durschbliggt,
die is' fesde geschtriggt.

Das ist wirklich blöd,
doch die Realitöt,
sei sie auch falsch und schlöcht,
ist ein zähes Geflöcht.

Des is werglich bleed,
doch die Realideed
is' zwar schläächt un' verdreggt,
doch sie geht net ewegg.

Das ist wirklich verhext,
die Sturheit des Objekts,
selbst verzwickte Gedanken
bringen es nicht zum Schwanken.

Des is werglich verheggst,
mer denkt dreimal um's Egg,
üwwer die sture Dinger,
doch mer kommt net dehinner.

S'ist wirklich nicht heiter,
der Kosmos macht weiter,
durchschaut ist sein Lauf –
doch er hört nicht auf.

Des is werglich en Tort,
die Welt dreht sich als fort,
und nirschendwo issen Schalder,
fer des Ding aazuhalde.

Das ist wirklich doof:
das Subjekt sinkt in Schloof,
doch die Welt geht nicht unter –
sie wird moins wieder munter.

Es is werglich net nett,
mer geht awends ins Bett,
mer entkommt sich fer e Weilche,
un is moinds widder de Gleiche.

Es is werglich verzwickt,
und mer werd glatt verrickt
von dem philosophische Krembel:
„He, Scheff, nochen Bembel[26]!"

26) Bembel: Gerätschaft (irdener Krug), in der in Frankfurt der Apfelwein gereicht wird.

Kauft Hausratversicherungen! (Es brennt!)

Heutzutage ganz wichtig: umfassender Versicherungschutz für Motorradfahrer. Dazu gehört nicht nur die Haftpflicht-, die Teilkasko- und die AuslandMotorradkaputtheimhol-Versicherung (plus noch etwa zwei Dutzend andere Policen, die mir mein Versicherungsfritze gerne auf's Auge drücken möchte), sondern dazu gehört auch eine HAUSRATVERSICHERUNG. Ganz wichtig. Wie sagt doch mein Versicherungsheini: „Manweißjaniewasnichtallespassierenkann." Zum Beispiel Folgendes:

Ostertour. Ffm-Bautzen-Ffm, 1500km über Landstraße, ganz prima. Auf'm Heimweg, so etwa 30 bis 40km nordöstlich von Frankfurt, wird's dann aber straßenmäßig eher fade und ziemlich dicht besiedelt. Also bollern wir vier (Sozia und Eheweib in Personalunion, die Varadero und ich) die letzten Kilometer, an Hanau vorbei, auf der BAB 66 Richtung Frankfurt-Stadtmitte. Mit Karacho, für unsere Verhältnisse jedenfalls (ich bin ja schon etwas älter und gesetzter) - also so 150 Klamotten etwa. Ausfahrt Stadtmitte (hinter Maintal), die letzte schöne Kurve dieser Tour, genussvoll lehne ich die Varadero in die Schräge – warum hupt denn dieser Dosistendepp da hinter mir? Weil ich ihn noch in der Verzögerungsspur überholt hab'? Ich bin ja Beifallskundgebungen aufgrund meines überlegenen Schräglagenstils gewohnt – aber die kommen normalerweise von der Sozia und äußern sich in

- Faustschlägen gegen den Helm
- zwei Händen, die sich mir um die Gurgel schmiegen und versuchen, mich zu erwürgen.

Und warum hupt der Typ im Auto auf der Gegenfahrbahn und winkt wie blöde? Mal was langsamer fahren ... und jetzt ballert ein einzylindriger Endurist an uns vorbei und gestikuliert wie dumm ... also anhalten. Schrei von hinten: „ES BRENNT!" Es brennt? Wiedennwodennwasdenn? Schrei von hinten: „STELL AB!" (Blick in den Rückspiegel: DAS GEPÄCK BRENNT! Oder brennt die Sozia? Schon mal versucht ein Motorrad auf'n Seitenständer zu kriegen, derweil hinten drauf die Sozia, während sie noch sitzt, in (berechtigter, s.u.) Panik versucht die lichterloh brennende Gepäckrolle vom Träger zu schubsen, was ihr aber nicht gelingt, weil die Rolle an Gummistrapsen hängt, die das brennende Ding immer wieder an's Motorrad heranziehen ... irgendwie kommt sie dann doch noch von der Kiste runter (gelenkig, die Frau) ich krieg das Krad endlich auf den Seitenständer, hopse runter, wir reißen die Strapse weg und die Gepäckrolle liegt am Boden und brennt. Lichterloh. Der Kulturbeutel, dort wiederum ein fett- und alkoholhaltiges Deodorant, sowie die Levi's erweisen sich als der eigentliche Brandherd. Ich hätte nie gedacht, dass Hosen, getränkt mit Deodorant, stichflammenartig brennen können. Gar nicht auszudenken, wenn die Flasche mit dem guten Amimundwasser (Listerine) auch noch geplatzt wär – wenn das Zeug in die Feuergefahrenklasse gehört, nach der es schmeckt, hätten wir vermutlich einen Bombentrichter in der Autobahnausfahrt hinterlassen. Der Brandherd in den Hosen wird mit Hilfe einer Flasche „Cola light" (aus dem Tankrucksack) vom offenen Feuer zum Schwelbrand reduziert. Die Sichtung der glimmenden Trümmer (unter Anteilnahme eines hilfsbereiten und neugierigen Dosisten) ergibt folgende Rekonstruktion des Hergangs: Gepäckrolle halb leer – Strapse zu schlaff – Zipfel hängt runter - kommt bei Tempo 150 irgendwie HINTER das hochgelegte linke Auspuffrohr der Vara - Deo schmilzt - durchtränkt die Hosen - Flammpunkt - brennt.

Gesamtschaden:
- eine Hose (abgebrannt, DM 120.-)
- eine Nylon-Gepäckrolle (hat Riesenloch, DM 130.-)
- Deo (geschmolzen, rückstandsfrei verbrannt, DM 2,50)
- eine verbrannte Familienzahnbürste (Schaden nicht weiter nennenswert, war gut gebraucht)
- angekokelte Zahnpastatube (schmeckt jetzt nach geräucherter Minze, ob Schaden oder Gewinn ist Geschmackssache..)
- leicht angeschmolzenes Plastikverkleidungsteil an Varadero (scheißegal, ist eh' stinkhässlich – andere Leute kleben sich „Großglockner"-Bäpper hinter die Windschutzscheibe, ich kann ja „Frankfurt-Maintal" neben den Schandfleck, ähh: Brandfleck schreiben).

Zu Hause angekommen, erinnere ich mich dunkel daran, dass mir mein Versicherungsfritze mal 'ne Hausratversicherung aufgeschwatzt hat. Ha, jetzt soll er's büßen! Ich finde sogar die Police noch. Und siehe da: auch außerhäusiger Verlust von Hausrat durch Brand (nicht aber durch Hagel!) ist versichert, vorausgesetzt, dass sich der Hausrat nicht länger als drei Monate außer Hauses befand. Wir war'n ja nur vier Tage weg ... ich mach' den Schaden geltend. Mal gucken, was passiert. Ich frag' mich allerdings, ob auch meine liebe Sozia und Eheweib, wäre sie mit abgebrannt (was gar nicht so abwegig ist, ihr Rucksack ruhte auf der brennenden Rolle), unter „Hausrat" gefallen wäre. Oder unter Lebensversicherung? Wie sagt doch mein Versicherungsfritze: „Manweißjaniewasnichtallespassierenkann." Recht hatter.

Uff, ham' wir ein Schwein gehabt. Danke an die Motoristen, die uns warnten ... gibt's eigentlich feuerfeste Gepäckrollen?

Limerick über die Vorteile von Lammfellnierengurten

Ein haarloser Biker aus Emden,
der gürtet' mit Lammfell sein' Lenden.
Er sprach: „Das wärmt sehr,
und wenn ich's wende, seht her,
kann ich's als Bauchhaartoupet verwenden."

Deppendrama

Ein Motorrad mit TÜV, dacht' ich mir, verkauft sich leichter. Das dacht' ich schon so etwa Mitte April, als der TÜV fällig war. Hat aber keiner die Kiste (T-Bird) gewollt. Dann dacht' ich: na ja, hast ja eh' keinen Käufer, brauchs'de auch kein TÜV. Das dacht' ich so etwa drei Monate lang. Ende letzter Woche dacht' ich: oooooh, Kacke, wenn du jetzt nicht in die Gänge kommst, wird's knapp. HU schon drei Monate überzogen ... auauauaua.

Samstag:
Also schaumermal. Steht noch so inner Garagenecke wie im letzten Oktober. Bloß'n büsschen staubig. Nix' Ernstes. Springt sicher gleich an. Hab' ja die Vergaser leer laufen lassen ... springt aber nicht an. Elektrisch mausetot. Spannung der Batterie 0,0 Volt. Scheint's hätt' ich doch die Batterie ausbauen sollen und über den Winter mit ins Warme nehmen ... egal ... Ladegerät ... boing ... Sicherung 'rausgeflogen.

„Ja freilich", sagt mein freundlicher Motorradteilehändler wenig später, „ja freilich hab' ich eine neue Batterie für dich, fümumsechzigmackunachtunzwannzisch, bitte." Säure eingefüllt, geladen, eingebaut, gar nicht erst probiert sie anzulassen, läuft ja bestimmt ... ansonsten nochmal drüber gucken.. alle Lichter brennen ... Moment ... Reifen, Reifen ... irgendwas war da mit Reifen. Da hinten in der Ecke liegt ein neuer M89, den wollt ich eigentlich montieren lassen. Aber warum nur? Der alte hat noch gut 2,5 mm Profil ... das müsst dem TÜV doch reichen. Also, wurscht, s'geht zum TÜV so wie's is. Gleich nächste Woche.

Rest vom Samstag:
Was anderes gemacht, nur nich' an TÜV denken ...

Sonntag:
Was anderes gemacht, nur nich' an TÜV denken ...

Montag:
Gearbeitet, nur nich' an TÜV denken ...

Dienstag (heute):
Jetzt awwer! Gleich als erstes zum TÜV! Wenn'se anspringt. Springt an! ('Ne Pulle Diethylether aus'm Labor geklaut ... sehr wirkungsvoll) TÜV is' ja um die Ecke, da kammer's ja riskieren, mit der abgelaufenen Plakette hinzubollern. Allerdings hat die Motorradbullerei ihr Hauptquartier in Rödelheim auch gleich um die Ecke ... scheißegal, wird schon gutgeh'n. Geht auch gut. Beim TÜV weniger.
Erst sagt die Frau an der Kasse „siemfuffzich Mack", das geht noch gut, dann sagt der Inschinör „Michelin M59???", und das ging nich' mehr gut, weil da gehört ein M89 drauf. Ja, dunkle Erin-

nerungen keimen auf ... beim letzten Reifenwechsel vor anderthalb Jahren war der M89 nich' zu haben, es war aber dringend, und der M59 war da, aber irgendwie keine Freigabe dafür, aber bis zum nächsten TÜV-Termin war's ja noch lange hin ... mindestens noch ein Reifenwechsel bis dahin, völlig vergessen, die Geschichte. Dabei liegt ein neuer M89 schon seit einem Jahr in der Garage herum ... Scheißkurzesgedächtnis.

„Tja, was nun, Herr Inscheniör?"

Der Herr Inscheniör ist ein netter Herr und sagt so etwa: „Na, dann fahr' halt zum Triumph-Händler, hol' Dir 'ne Freigabe und dann trag' ich dir das ein. Aber fahr' da besser nicht mit der Triumph hin, weißde (grins) der TÜV ist drei Monate abgelaufen, zum Händler is' weit und es sind mächtig viele Grüne unterwegs ..." Also erst mal unter Grünkontaktvermeidung mit der Triumph heim. Auf'm Heimweg drüber nachgedacht, ob ich nun vergessen hatte, die Freigabe für der M59 zu besorgen, oder ob es tatsächlich keine gab. Mich dafür entschieden, dass ich es vergessen hatte. So was ganz Illegales tät ich ja sonst nie tun.

Auf die Varadero umgestiegen, zum Triumph-Händler. Dort erfahre ich, dass es die Freigabe für den M59 nie gab. Aha. Scheisskurzesgedächtnis Aber neben dem Triumph-Händler ist ein freundlicher Reifenfritze. Der erklärt sich bereit, subito den Hinterreifen zu wechseln, gegen ein gehöriges Trinkgeld versteht sich, denn es ist viel los. Also auf der Varadero nach Hause, den M89 aus der Garage geholt, auf die Triumph gebunden, die E-Gitarre auf den Rücken geschnallt (denn ich habe heut' abend Gitarrenstunde), in der Hoffnung, dass die Bullen eher auf den Hals der bescheuert nach oben ragenden Gitarre als auf die TÜV-Plakette gucken, und ab zum Reifenhändler.

Von da an ging alles irgendwie wunderbarerweise glatt. Der Reifenhändler bewundert meinen M89 („Wo haste den denn so schnell her, is' doch momentan ultraschwer lieferbar?" „Ja, guter Mann, weite Voraussicht, gute Organsiation ..."), ich fahr zum TÜV, und der neue Reifen findet Gnade vor den Augen des Weltenrichters ... äääh: Inscheniörs. Ein anderer als vorhin. Ich bin schon wieder frohgemut und sage großmäulig: „Unn' jedzt die

Plakedd', awwer zaggisch!", was ein Fehler war: denn da huscht ein böses Grinsen über das Gesicht des Herrn und er sagt nur: „..unn' wie is' des mit dere Stahlflexbremsleidung da vorne, häh? Wo is' die ei'getrache?" Schluck. Aber halt! Ich hab' heut' ja zufällig die Lederjacke an, von der ich ganz genau weiß, dass ich den TÜV-Prüfbericht für die dappige Stahlflex, als ich sie vor anderthalb Jahren kaufte, in die linke obere Außentasche gestopft habe um ihn ja nicht zu verlieren. Schaumermal. Zigarettenpapierchen (verklebt), diverse Tankquittungen (zerknüllt, aber historisch wertvoll, 1,80 der Liter), 20 französische Francs ... und ... ganz unten ... JAJAJAJAJA! Der Prüfbericht! (mit'n paar Wasserflecken). Ich sach's ja immer: es geht nix über ein gutes Gedächtnis und einen wohl organisierten Lebenswandel!

Auf der Suche nach dem Zündfunken an der Suzuki Bandit

Dir fehlt der Funke am Banditen -
und ich soll dir Reime bieten?

Wohlan, hier folgt gereimter Rat:
nimm dir mal zwo Stückchen Draht.
Mit einem geh' von Spulen-"Plus"
an der Batt'rie Plus-Anschluss,
mi'm andern legst du eine Trasse
vom Spulen-"Minus" stramm an Masse.
Die Kerze wird in'n Stecker 'stopft
(doch nicht in den Zylinderkopf),
denn da drinnen tut es dunkeln,
und man säh' die Kerz' nicht funkeln.
Die Kerze sollt' an Masse liegen
(mit wenig Draht leicht hinzukriegen).
Und wenn man jetzt den „Minus"-Leiter
durchkneift (mit 'nem Saitenschneider),
oder nur die Minus-Strippe
von Masse abhebt, voller Tücke,
oder auch die positive

löst von ihrem Konnektive,
sollt die Kerz' 'nen Funken schlagen,
ansonsten liegt etwas im Argen.

(Dieser Test – es wird beteuert –
funzt, wenn's Krad kontaktgesteuert
seinen Funken generiert:
DIE Technik habe ich kapiert.
Wenn's bei diesem Teste funzt,
ist oft der Kontakt verhunzt
oder auch der Kondensater
[meist ist er des Ärgers Vater]:
Zündspul', Stecker, Kerz' jedoch
erweisen sich als brauchbar noch.)

(Ob der Elektronik-Kram
diesen Test bestehen kann,
oder ob dann alle Schipps
schmelzen bei der Kerze Blitz –
all dies übersteigt mein Wissen,
'drum find ich ihn auch beschissen,
den ganzen Elektronikkram,
den kein Mensch mehr flicken kann.)

Technische Beratung

(Replik auf die Frage, wozu man eigentlich eine Lichtmaschine benötigt)

... also, die Zündkürze zündet auf kürzestem Wege, wenn sie ihren Saft von der Sündspule kriegt. Die Sündspule sündigt, ääh: zündigt, nee - was wollt ich sagen – ah ja: zündet aber nur dann süffig (ääh ... saftig), 'wenn sie sündende (nein: sündige ... nee auch Quatsch: zündende, das isses!) Signale vom Sündkontakt bekommt. Der Sündkontakt ist kein perverses Kleinanzeigenmagazin, naheinnicht: der Sündkontakt sitzt unter'm Zuhälter - nee, Quatsch: Verteilerdeckel. Der hält ihn nämlich zu! Mit dem Verteilerfinger. So funktioniert das. Dochdoch.

Lichtmaschine braucht man eigentlich nicht. Weil, wenn die Sündkerze und die ganze Saubande, die mit ihr zusammenhängt, sündigt, äääh: zündigt, dann gibt' ja 'nen Sünd- nein: Zündfunken. Und der macht ja Licht. Also 'raus mit der Lichtmaschine, Mechanik und Elektrik sollten so einfach wie möglich gehalten werden.

Batterie braucht man auch nicht. Bis die mal geladen ist, ist kein Sündstrom für die Sündkürze mehr übrig. Es sei denn, man hätte 'ne Batteriezündung. Aber wer will das schon? Gelle? Genau. Niemand. Der Motor soll ja zünden und nicht die Batterie ...

Individueller Umbau einer Moto Guzzi[27]

Im übrigen geht der wahre Individualistentrend weg vom Kardan und der Kette, hin zur technisch befriedigendsten Lösung, dem Zahnriemenantrieb. Ich meinerseits z.B. habe im Rahmen des Totalumbaus meiner Moto Guzzi auf Zahnriemen umgerüstet. Da ich keinen passenden Winkeltrieb für den Getriebeausgang zur Hand hatte, habe ich Motor und Getriebe erst mal quer in den Rahmen einge-

---

27) Es wurde also nichts aus der Norton, die in einer der Fußnoten am Anfang erwähnt wurde. Statt dessen Moto Guzzis. Der hier beschriebene Umbau ist allerdings fiktiv, Geschichten über den realen Bau eines Café-Racers auf Guzzi-Basis folgen.

baut, so dass ich die Riemenscheibe direkt auf die Getriebeausgangswelle aufsetzen konnte (spart auch die Friktionsverluste im Winkeltrieb).

Allerdings stand der Motor jetzt linksseitig etwas weiter hervor als üblich, so dass ich mir überlegte, dass ich wohl am besten die Ausrichtung des Motorrades der des Motors anpassen sollte ... also hab' ich den Rahmen umgeschweißt und den Steuerkopf, die Gabel und das Vorderrad nach links, vor den Motor verlegt.

Was ich dabei zunächst nicht bedacht hatte war, dass das jetzt zahnriemengetriebene Hinterrad dadurch in einen Winkel von ca. 90 Grad zum Vorderrad geriet ... da mir das ausschließliche Fahren von Linkskurven auf die Dauer ermüdend erschien, entschloss ich mich, Hinterrad und Schwinge umzuschweißen, um sie nach rechts hinter den Motor zu versetzten, und sie dabei um 90 Grad zu drehen. Hinter- und Vorderrad gerieten so wieder in die gewünschte Flucht, allerdings ergab sich wieder das leidige Problem des fehlenden Winkeltriebs für die Riemenscheibe am Getriebeausgang. Vorübergehend, bis zur endgültigen Lösung, habe ich daher den Kardanantrieb wieder eingebaut.

Dann kam meine Frau in die Garage. Sie sagte: „Komisch. Wieso steht denn die Guzzi quer? Gestern stand die doch noch längs hier drin? Wie hast du die denn in dem engen Loch gedreht?"

Blues zur Melodie von „Little Red Rooster“ von den Rolling Stones zum Thema „Anreise zum Motorradtreffen“

Wir sind die beinharten Bihiker
(porömpompom - pöm)
jaaa, kein Weg ist uns zu weit.
Ouuuu, wir stahlharten Bihiker
(porömpompom - pöm),
ja, wir kohommen stets zu zweit:
denn dem einen gehört der Ford-Trahansit
(dädädä - däät)
und der zweit' stellt den Hänger bereit.

Wir sind die Elite der Schrauhauber
(porömpompom - pöm),
ham' uns're Kräder frisiert.
Ouuuu, die Elite der Schlohosser
(porömpompom - pöm),
wir ham' auch sonst investiert:
uns're Anhängerkuhupplung
(dädädä - däät)
ist hochglanzpoliert.

Diese kostbare Kuhupplung
(porömpompom - pöm)
ist so herrlich poliert.
Ouuuu, diese herrliche Kuhupplung
(porömpompom - pöm)
würd' durch die Fahrt ruiniert.
Drum wer'n Transit und Hähänger
(dädädä - däät)
mit der Bahn transportiert.

Katzenkacke

Der Guzzi-Umbau geht nicht voran. Die Katze ist schuld. Ich habe nämlich seit einem halben Jahr einen getigerten Kater. Der war erst klein, jetzt ist er aber schon größer und darf seit 4 Wochen ins Freie. Dort scheißt er in den Sandkasten des Sohnes meines Nachbarn. Mein Nachbar schaufelt die Scheiße aus dem Sandkasten vor meine Garagentür. Ich schaufle die Katzenscheiße in die Mülltonne und scheiße meine Nachbarn an. Er scheißt mich an und ich baue eine schöne Abdeckung für seinen beschissenen Sandkasten. Ein Samstag am Arsch, nix geschraubt ...

Weil der Kater jetzt nicht mehr in den Sandkasten kacken kann, scheißt er in die Blumentöpfe im Flur. Besser gesagt: er scheißt nicht IN die Töpfe, was ich ja noch verstehen würde, er scheißt DANEBEN. Na ja, er ist halt schon recht groß, und wenn er auf den Blumentopf steigt, steht der Arsch halt hinten über. Mehrere Stunden Flur geputzt, nix geschraubt ...

Weil der Kater jetzt nicht mehr neben die Blumentöpfe scheißen darf (ernste Worte wurden zwischen ihm und mir gewechselt), scheißt er für ein paar Tage ins Katzenklo in der Wohnung. Gut. Das wird ihm aber langweilig und er scheißt vor meine Garagentür, wo der Nachbar die Katzenkacke aus dem Sandkasten aufgehäufelt hatte. Ich merk' das erst, als ich an der Guzzi schrauben will, die Honda deshalb rückwärts 'rausrangiere, in die Katzenkacke trete, ausrutsche, und mitsamt Honda umfalle.

Bilanz: eigene Knochen rechtzeitig in Sicherheit gebracht. Honda: am Lenker geklemmter Halter des Kupplungs-/Chokegriffs und des Spiegels links gebrochen. Kupplungshebel und Spiegel sind wunderbarerweise heil geblieben. Kater sitzt in respektvoller Entfernung und guckt interessiert zu, wie ich die Honda wieder in die Senkrechte wuchte.

Anruf beim Honda-Händler:
„Kann, ich, bitt' schön, einen HALTER für die Kupplungs-Spiegel-Einheit links für eine Varadero bestellen?"
„Awwer immer. Kommd öfders vor ..."

Eine Woche später ruft der Honda Händler zurück:
„Ihne Ihr'n Spischell und de' Kubblungshäwwel sinn' do."
„AAARGH!"
„????"
„Ich sagte 'HALTER' !!"
„Awwer der geht doch nie kabutt ..."

Eine Woche später (klingeling):
„Ihne Ihr'n Halder is do ..."

Samstag:
Anbau desselben. Kater guckt zu und scheißt zwischendurch in den Sandkasten des Nachbarn, der vergessen hat, die Abdeckung drüber zu machen. Wieder nix an der Guzzi geschraubt. Katzenhaltung und Motorradschrauben vertragen sich nicht ...

Der Name des Katers

... Ignaz, die Katz' heißt Ignaz. Nach dem heiligen Ignatius von Loyola, dem Begründer des Jesuitenordens. Der sagte nämlich eines Tages, nach einem wild bewegten Krieger- und Hurentreiberleben zu seiner Lebensabschnittsgefährtin:

„Ach, was soll's, mein lieber Schatz
das Leben ist ja für die Katz'.
Drum werd' ich jetzt ein mönchisch Frater -
fütterst du derweil mein Kater?
Nur noch den Herrgott will ich preisen -
fern von Katern, welche scheißen.
Lies du dem Kater die Leviten -
ich mach mich fort, zu'n Jesuiten."

Gedicht auf ein verdrecktes Motorrad

Gesalze' war's, des Wedder frostisch:
mei' Modorrad, es is' rostisch.
Geräächn'd hat's, die Straß' war matschig:
mei' Modorrad, es ist babbisch.
Windisch war's ja aach unglaublisch:
mei Modorrad, es is' staubisch.
Mein Heimweg is' net asphaldiert:
mei' Motorrad is' verschmiert.
In mein' Hof kacke Nachbar's Hunde:
an meim' Motorrad hänge Klumbe.
Öl am Zylinderkopp verlier' ich:
mei' Modorrad, es is' schmierisch.
Scott-Oiler hab' ich angebaut:
mei' Modorrad is' versaut.
Die Gawweldichtring sinn' defekt:
mei' Modorrad is' verdreckt.
...
Vor lauter Dreck erkennt mer ned,
was fer e Mopped drunnersteckt.
Wie en' verpuppte Schmetterling
sitzt unner'm Dreck e Krad da drin.
Als Honda hat se sich verpuppt:
Vielleicht werd's e Ducati - wann'se schlubbt[28].

---

28) schlubbe: hessisch für „ausschlüpfen"

Osterausflug (kalt)

... ohh, du schöner Wähähästerwald – (gebrüllt:) EUKALÜPTUS-BONGBONGS – um deine Gipfel weht der Wind so kalt ...

Wie wahr. Osterausflug mit Weib und Varadero.

Karfreitag:
FFM (bedeckt) -> Taunus (Niesel) -> Westerwald (Regen) -> Bergisches Land (Schnee) -> Duisburg (eiskalte Nordwinde).

In Duisburg nächtliche Besichtigung einer erkalteten Hochofenanlage (Sternenklare Nacht, klirrende Kälte auf dem Turm über Ofen 5 – vermutlich ging das Feuer wegen der ergiebigen Regenfälle im März aus - und nicht wegen irgendwelcher Rationalisierungsmaßnahmen, wie uns der Führer weiß machen wollte).

Ostersamstagmorgen:
Duisburger Zoo („ ... ist der Arsch des Mandrill von Natur aus blau, oder hat er sich den beim Sitzen auf dem Affenstein erfroren?")

Ostersamstagmittag:
Innenhafen Duisburg („ ... Eisbrecher? In Duisburg??")

Ostersamstagabend:
Weiter nach Düsseldorf (Graupelschauer) „ ... kennst du den Refrain von dem bekannten Karnevalsschlager? Nein? ... zu Düsseldorf, in dünner West', da holt' ich mir die Rüsselpest ..."

Ostersonntag:
Dü'dorf (Sonne, aber kalt) -> Bergisches Land (Regen, kalt) -> Westerwald (Regen/Sonne!) „ ... doch der kleinste SOOOnnenschein geht tieeef ins Härz hinein!" ... (wie wahr – aber kalt), -> Taunus (Regen/Sonne, kalt) -> FFM.

Schade. Das Bergische Land ist ja ein geniales Motorradrevier. Was könnt' man da so schön fahren, wenn besseres Wetter wäre und die Straßen trocken.

Freitag muss ich nach Österreich. In die Nähe von Braunau. Da schifft's momentan auch. Kam von da nicht dieser Politiker, dieser - - ähh, wiehießerdochgleich – ja, Schicklgruber, Adolf Schicklgruber! Der mit dem genialen Wahlversprechen:

Ein Volk!
Ein Reich!
Ein Frühling!

Warum hammer den eigentlich nich' wiedergewählt? Oder isser noch an der Macht? Die Wälder sind jedenfalls noch alle braun und die Äcker auch. Dabei hab' ich extra grün gewählt. Und was ist mit Adolfs Wahlversprechen? Scheiße war's.

Kein Frühling.
Zwei Völker.
Ein Sauwetter.

Ach ...

Limerick über einen Kradisten aus dem flachen, kurvenarmen Norden

„Theoretisch“, dacht' ein Kradler aus Stade,
sich nähernd 'ner Kurve mi'm Krade
„verträgt diese Beugung
neununddreißig Grad Neugung.“ (sorry, der Reim muss sein!)
Praktisch warn's dann neunzig Grade.

Reisefertig

So.

Das Motorrad ist
geölt
gebenzint
gekühlerflüssigkeitet
gereifendruckt
gekettengespannt
„Geputzt?"
„Gehs'de fort!"

Die Gepäckrolle verstrapst.
Die Packtaschen verstopft.
Der Tankrucksack verkordelt.
Die Zahnbürste vergessen.
Die Kreditkarte geschultert.
Die Sozia war auf dem Klo:
Es kann losgeh'n.

Reisebericht Skandinavien[29]

Ich war ja nun noch nie in Skandinavien. Mit dem Motorrad erst recht nicht. Und neuerdings auch nie wieder.

Meine Fresse. Auf die ganze Tour (Frankfurt am Main-Dänemark-Südschweden-Südfinnland-St.Petersburg-Nordfinnland-Nordkap-Norwegen-Dänemark-Frankfurt am Main) zurückblickend, tät' ich ja sagen: ein Trip für verschwendungssüchtige Masochisten. Oder: wie gebe ich Geld aus, ohne Spaß dran zu haben. Zahnarztrechnungen sind eine Möglichkeit. Nach Skandinavien fahren eine andere.

29) Dieser Bericht hat mir viel Ärger eingebracht. Um das noch mal klarzustellen: es handelt sich um eine Satire. Es ist übertrieben.

Aber der Reihe nach, die Höhepunkte der Reise in aller Kürze:

- der Däne wohnt in einem eingeschossigen Steinhäuschen zwischen Äckern oder hinter Dünen. Seine Straßen führen geradeaus. Seine Speise und sein Trank kosten etwa ein Drittel mehr als in Deutschland.

- der Südschwede lebt in einem Holzhäuschen im Wald. Seine Straßen führen geradeaus. Seine Speise und sein Trank kosten etwa ein Drittel mehr als in Deutschland.

- der Südfinne lebt in einem Holzhäuschen im Wald an einem See. Seine Straßen führen geradeaus. Außer wenn man einen kennt (so wie ich), der dort lebt und Motorrad fährt. Der kann einen dann nämlich zu der Straße in Finnland führen, die Kurven hat. Na ja. Langgezogene Schwünge ... seine Speise und sein Trank kosten etwa ein Viertel mehr als in Deutschland.

- der St. Petersburger lebt in einstürzenden Altbauten. Seine Straßen haben Schlaglöcher, die anderswo als Kanalbauarbeiten gölten. Seine Speise und sein Trank kosten etwa ein Viertel dessen, was man in Deutschland bezahlt. Leider sind die Speisekarten auf kyrillisch, und man weiß nie, was man bestellt. „Könnt' man kyrillisch, wär's echt idyllisch." Als Nicht-Kyriller erleidet man auch sonst allerlei Nachteile. Zum Beispiel hängt am Eingang zur Eremitage, der weltberühmten Gemäldesammlung ein Schild (nicht auf kyrillisch, sondern in allen westlichen Kultursprachen) das besagt, dass der Eintritt für Russen (gegen Vorlage des Personalausweises oder gegen glaubhaft akzentfrei kyrillische Maulaufmache) 12 Rubel betrage. Für alle andern aber 400 Rubel. Fast könnte man sagen: diese Art der Abzocke überschreitet durch ihre Öffentlichkeit, ihre Frechheit und ihr schieres Ausmaß (das ist so beiläufig der 33-fache Eintrittpreis für Nicht-Russen) schon der Bereich des Schäbigen und nähert sich dem Grandiosen ...

- der Nordfinne lebt in einem Holzhäuschen im Wald. Außer er ist Lappe (=Same), oder tut so. Dann lebt er in einem Holzhäuschen im Wald und verkauft Lappenkappen (die mit den vier Zipfeln), Lappenschlappen (Schnabelschuhe mit zurückgebogener Spitze) und sonstigen Samenkram (Messer, Schmuck und Rentierhäute) an Touristen. Seine Straßen sind grade. Sehr grade. Sehr lang und grade. Immer gradeaus. Mit so ein paar Kuppen und nicht einsehbaren Senken. In denen stehen dann die Rentiere. Damit's nicht langweilig wird ...

- der Norweger lebt in einem Holzhäuschen am Fjord. Er strickt Pullover, die er meiner Frau für ein Schweinegeld verkauft (ächz!). Seine Straßen führen geradeaus. Doch, selbst im vielgerühmten Südnorwegen sind viele Strecken entlang der Fjorde durch massiven Tunnelbau einfach kotzlangweilig geworden - man sieht noch, wie sich die alte Straße der Fjordwand entlang wand, man sieht, wo sie von der neuen Trasse abweicht, dort versperren dann dicke Betonklötze den Weg, und - zack - schon ist man in einem Tunnel, der die von der alten Straße genommenen Kurventrasse abschneidet. Dasselbe gilt unseligerweise auch für einige Gebirgsstrecken. In der Tourist-Info verkauft man z.B. Postkarten, die die grandiose, kühne Trassenführung der Straße im Mabo-Tal in Schwindel erregenden Perspektiven rühmen.

Ich (misstrausch geworden, zur Deutsch sprechenden Tourist-Info-Dame, dabei auf Postkarte deutend): „Kann man die Straße ins Mabotal noch fahren?"
Sie: „Mit das Motorraden?"
Ich: „Ja"
Sie: „Nein, dort haben wir jetzt eine schöne Tunnelen ... alte Straße ist zugesperrt."
Ich: „..."
Sie: „Aber wir haben schöne TROLL-Expressen, fährt alte Passstraße rauf und runter, lustikk, sieht aus wie Eisenbähnchen mit Waggons, fährt alte Straße, 100 Kronen rauf und runter ..."
Ich: „Danke, wenn ich Trolle[30] will', les' ich drm ..."
Sie: „???"
Ich (brummelig): „Tschö..."

30) Als einen Troll bezeichnet man in den Foren des Internet lästige Personen, die absichtlich Unsinn von sich geben.

Na ja. So war's halt in Norwegen. Ach so: alles ist dort ungefähr dreimal so teuer wie hier. Nur das Bier nicht. Das ist fünfmal so teuer (eine Dose Leichtbier 0,33 Liter kostet im Supermarkt 6-7 Mark).

Neeneenee. Da fahr'n wir nich' mehr hin. Nächstes WE fahr'n wir nach Belgien und fressen und saufen uns mal wieder so richtig satt und voll ... vorher durch Eifel und Ardennen, mal gucken, ob ich noch um die Ecke fahren kann, ohne umzukippen

Ratschlag für BMW-Besitzer

(im Rahmen einer Diskussion über Getriebeschäden)

Fürchtest du Getriebeschaden?
Da kann ich nur zum Schieben raten.
Denn bei dem Geschiebe treten
BMW-Getriebeschäden
im allgemeinen selten ein.

Loblied auf die Kulanz von BMW

All die stinknormalen Kräder
fahren einfach nur auf Rädern.
Doch die BeEmmWes sind ganz
speziell (der Stolz des Bayernlands).
denn BeEmmWes fahr'n auf Kulanz!

Mangelnde Kulanz bei BMW[31]

„Meine BMW ist dauernd schmutzig!"

Das ist natürlich nicht zu tolerieren. Ist noch Garantie drauf? Ansonsten hört man doch immer wieder, dass BMW äußerst kulant sei.

Dialog beim BMW-Händler (in Hessen)

Kunde: „Isch habb' da e' Regglammadzion!"
Mann hinter'm Tresen: „?"
Kunde: „Die BMW is' dreggisch!"
Mann hinterm Tresen: „Ei dann butze se se."
Kunde: „Selwer butze?"
Mann hinterm Tresen: „Selwer butze!"
Kunde: „Geht des ned uff' Werkskuhglanz?"
Mann hinterm Tresen: „Werkskuhglanz?"
Kunde: „Naddürlich, so saache 'se doch: Werks - Kuh - Glanz."
Mann hinterm Tresen: „Raus!"

Warum die Guzzi noch keinen TÜV hat

Helmut, fragt man mich, Helmut, warum hat Deine Guzzi noch kein Nummernschild. Tja. Weil sie noch keinen TÜV hat. Aber es hätte FAST geklappt.

(Telefonat, Mittwoch vor zwei Wochen, oder so)
Ich: „Tach Herr Kehl, Sie sind doch der Kradspezialist vom Frankfurter TÜV, wann sind Sie denn mal wieder auf der Frankfurter Prüfanlage, um sich mein' Guzzi-Umbau anzugucken und Eintragungen zu machen und so ..."
Herr Kehl: „Übernächsten Freitach"
Ich: „Oha."

31) Man erinnere sich daran, dass die BMWs aufgrund der zweifelhaft schwankenden Fahrwerksqualitäten der /5-er Serie den Spitznamen „Gummikuh" oder schlicht „Kuh" tragen

Hintergrund des Oha: Übernächsten Freitag hab' ich
1) Vorlesung zu halten,
2) zu der ich einen Bodybuilder eingeladen habe, der uns die Anatomie demonstrieren soll,
3) einen Kursus der Gewebelehre abzuhalten,
4) 20 Studenten mündlich zu prüfen.

Ich: „Geht's nicht zu einem anderen Termin?"
Herr Kehl: „Weiß nicht, meine späteren Termine in Frankfurt kenn' ich noch nicht."
Ich: „Gut, ich pack das irgendwie - bis nächste Woche also ..."

Ich: entfalte hektische Betriebsamkeit. Ich requiriere den Transit der Anatomie zwecks Transport der Guzzi für übernächsten Freitag. Den Bodybuilder bitte ich, eine Woche später zu kommen. Für die Vorlesung lass' ich mich von einem Kollegen vertreten. Den Histologiekursus macht eine Kollegin. Die am Freitag zu prüfenden Studenten werden mit sanftem Druck dazu bewogen, die Prüfungen schon einen Tag früher, am Donnerstag zu absolvieren (Mein Hiwi, der Tarik, der macht das echt gut - gelernter Türke, aber bestens assimilierter Frankfurter, weißer Medizinerkittel, ansonsten allerdings schrillster Rockabilly-Outfit. Tiefschwarze Haare, krasse Koteletten, konkreter Kinnspitzenbart und gegelter Entenschwanz, und dieses gewisse, heimtückische Glitzern in den Augen - der Tarik also stellt sich hin und sagt zu den Studenten, die unbedingt doch am Freitag, dem letztmöglichen Termin, geprüft werden wollen: „Uiuiuiui, der Wicht unn sei Guzzi - also ich dät mich am Freidaach ned fer die Prüfung eitraache, der hat bestimmt e Saulaune, wanner ned zum TÜV kann." - Klappt. Kein Schwein trägt sich für die Freitagsprüfungen ein. Danke, Tarik!)

(Wochenende)
Letztes WE vor dem TÜV-Termin. Ergo: Kiste ans Laufen bringen, nochmal alles durchchecken. Kein Problem ... lief ja ... war ja gut eingestellt ... und eingemottet ... also nur die Lappen aus den Ansaugtrichtern holen (klappt problemlos), Motor ohne Kerzen ein wenig orgeln lassen, bis Öldruck da ist (klappt problemlos).

Kerzen einschrauben (klappt problemlos), Choke ziehen (klappt problemlos), Benzinhähne aufdrehen (Vergaser laufen über - beide!). $?&%(%!! <- Verwünschung der Schwimmerkammerventile. Ausbau derselben. SEHR verwunderlich, daß die Dinger beim letzten Anlassen noch dicht gehalten haben. Ersatz ist natürlich nicht greifbar, allerdings lassen sich die verknorzten Gummispitzen auf den Ventilen mit 600er Schmirgel soweit wieder in Form bringen, dass sie dicht halten.

Also anlassen. Es ist aber ein kalter, regnerischer Samstag, die Guzzi ist ein italienisch' Krad und bevorzugt subtropischere Klimate, das Öl ist auch kalt und vermutlich krümelig wie Kaninchenkacke, und die Kompression ist mächtig gut - eine Kombination von Faktoren, die die Batterie überfordern: es reicht noch für den Magneten, aber für keinen einzigen Kolbenhub. „Klackiouppklackadaklackada ..." macht die Guzzi.

Eigentlich hätte ich nicht gedacht, dass mein freundlicher Nachbar mit dem Dieselbenz und der entsprechend dicken Starterbatterie Samstags bis um 12 Uhr pennt. Eigentlich hätte er von dem Krach, den ich bisher veranstaltet habe, doch längst wach werden müssen. Und eigentlich hätte ich auch nicht gedacht, dass er so grummelig reagiert, wenn man ihn an einem kalten, verregneten Samstag aus dem Bett klingelt und um Starthilfe bittet ... .

Gut. Die Batterie vom Benz ist im Gegensatz zum Nachbarn bestens drauf, die Guzzi läuft. Warmlaufen lassen, Vergaser synchronisieren (jetzt sind alle Nachbarn zuverlässig wach ...), Straße vor'm Haus 20 mal 'rauf und 'runter (jetzt sind auch die Nachbarn der Nachbarn wach), fährt, bremst, blinkt, leuchtet ... alles bingo. Fertig für TÜV. Nur die hinteren Federbeine sind ein bisschen zu hart.

Beste Laune ... retour in die Garage. Ein Bierchen, ein Bierchen und noch ein Bierchen, wie wohlig entspannt sich der Geist beim Anblick des wohlgeratenen Krades, noch ein Bierchen, ooops, schon so spät, Tempo, Tempo, bevor die Holde zum Abendessen ruft, denn wenn sie rufen muss, hängt der Haussegen schief: Rechtzeitig vorher erscheinen ist die Kunst. Noch schnell die Federbeinspannung reduzieren, Hakenschlüssel ansetzen, na ... .geht so schwer.. (Gewalt) ... (ganz hässliches Geräusch) ... (sproing) ... Einstellhülse für Vorspannung gebrochen. Zeitgleich brüllt es aus dem dritten Stock: „ABENDESSEN; VERDAMMT NOCHMAL!"

Tja.

Nachschrift:
Den ausgekugelten Haussegen hab' ich wieder eingerenkt bekommen, das Federbein nicht. Und hätte ich im Sommer, als ich hörte, dass Koni die Produktion von Motorradfederbeinen einstellt, gewusst, was ich jetzt weiß, dann hätte ich das getan, was alle gierigen Guzzisten taten: Konis auf Vorrat kaufen. Und wenn man bei Inserenten der Motalia, die derlei anbieten, Samstags abends anruft, erntet man Hohngelächter: „Sie sind schon der Dreihundertfünfundzwanzigste ..."

Also ruft man montags beim deutschen Importeur von Öhlins an (Man gönnt sich ja sonst nix..). Sehr kompetent, die Leute dort.
Ich: „Federbeine?"
Er: „Was für'n Motorrad?"
Ich: „Guzzi 850T."
Er: „Ham wa' nich' - Ham'se Masse? - Länge?"
Ich: (gut vorbereitet): „325"
Er. „Hub?"
Ich: „90"
Er: „Aufnahmebohrung?"
Ich: „14"
Er: „Sechshundertfünfundvierzig ..."
Ich: „Her damit"
Er: „ ... Euro[32]."
Ich: „Ooops"
Nochmal tja.

Soviel Geld hab' ich nicht. Macht aber nix. Denn kurz drauf ruft mich der freundliche Herr Kehl vom TÜV an: Er wär' an dem kommenden Freitag doch nicht in Frankfurt, ich bräucht' mich nicht zu beeilen.

32) Das war grade nach der Einführung des Euro, als wir alle noch in Märkern dachten. Eigentlich hätt' man sich das Umdenken ja sparen können: Jetzt, ein paar Jahre nach der Einführung des Euro, sind wir zahlenmäßig ja etwa wieder da, wo wir die Mark verlassen haben ...

Wunschkennzeichen in Aschaffenburg

(„Aschebersch" im hiesigen Dialekt)

Ein Ascheberscher Biker sprach : „Einst
wollt' ich ein Wunschblech für meins.
Auf'm Zulassungsamte
sprach der Beamte:
'Woll'n könn' 'se schon, se krieg'n AB-K 1'"

Der wahre Biker[33]

Kind zum Vater am Straßenrand, irgendwo in der Nähe eines Motorradtreffens:

„Zeige mir den wahren Biker!"

„Dort vorne, sturzbesoffen neigt er
grad sein Krad in schrägste Lagen –
er saust vorbei: riechst du die Schwaden
von Öl, Benzin, Testosteronen,
Alkohol, Geschlechtshormonen,
welche dampfend er verströmt –
da kommt er wieder, schrägst gelehnt,
mit hundertachtzig angesemmelt" –
BOING - „jetzt hat's ihn rausgedengelt!"

DANN: mit so'm netten schwarzen Wagen mit mattierten Scheiben ab in die Uniklinik

33) Das Wort „Biker" ist mittlerweile ja fast zu einem Unwort geworden - einer dieser dämlichen Amerikanismen, gerne noch mit dem Deppenapostrophen kombiniert (ein Schild „Biker's welcome" steht mittlerweile vor jedem zweiten Ausflugslokal, seitdem die kaffeefahrenden Großmütterchen seltener geworden sind). Man (ich) mag's nicht mehr hören: jedermann, der mir irgendwas Zweiradassoziiertes verkaufen will, adressiert mich als „Biker". Ich bin aber kein Biker, dafür fehlt's mir an Leibesumfang, Muskeln, Bart, Kutte, Mut und Lebensgefühl. Ich bin Kradist!
Der Begriff „Biker" taucht hier (und an ein paar anderen Stellen) aus reimtechnischen Gründen auf, im Laufe des Fortgangs dieses Buches wird er mehr und mehr durch den „Kradisten" oder „Kradler" ersetzt werden.

Student bei der Sektion zum Prof. der Rechtsmedizin:

„Zeige mir den wahren Biker!"

„Hier auf diesem Tisch, hier zeigt er
all die Symptome, all die Zeichen,
die typisch sind für Bikerleichen.
Zum einen ist er ganz zerwürfelt,
der Kopf ist ab, und das hier dürfte –
ja, nimmt man's in Augenschein:
das da war das rechte Bein,
nicht das linke, wie es scheint –
es lag falschrum, so'n Schlamassel:
Biker sind ein schwierig's Puzzle ...
und nur selten hat man Glück,
meist fehlt das ein' und and're Stück."

„So, nun wollen wir die Brocken
auch von innen noch angocken.
„Sehn'se dort", so spricht er barsch
„diese Leber ist am Arsch.
Zernarbt, zirrhotisch und geschrumpft:
der Knabe hat zu oft gesumpft.
Dieses bisschen graue Zeug hier
ist das Hirn vom wahren Biker.
Die Konsistenz ist eher matschig,
weil der Schädel angedatscht is',
doch war's wohl auch schon vorher lytisch[34],
für echte Biker ist das typisch."

„So, zum Höhepunkt alsdann:
Wir gucken die Testikeln an.
Boah, die sind ja wirklich mächtig
hypertrophiert und richtig prächtig.
Ja, die Dinger sind viel dicker,

34) lysis (gr.): die Auflösung

sind eben echte Bikerklicker! –
Um Himmels Willen: Weg die Pfoten!
Hochtoxisch sind des Bikers Hoden!
Äußerste Vorsicht tut hier not:
Testosteron-Vergiftung droht!
Wenn man sich nicht vergiften will:
Ab damit in'n Sondermüll."

Der Kelch, er ist an mir vorübergegangen.

Und das kam so:

Ich hätte nie gedacht, dass meine Holde die auf dem Klo gestapelten Motorradheftchen liest. Ich dachte, sie läse die Frauenzeitschriften, die sich da auch sammeln. (Vermutlich denkt sie, dass ich die Motorradheftchen lese ...).

Sie liest aber die Motorradhefte und kommt „Tourenfahrer" (Juni 2002) -schwenkend wieder heraus und erklärt, dass wir die Honda Pan European Probe fahren müssen.

Mir fällt in diesem Moment ein, dass der Name „PanEuropean" für dieses Motorrad (16.000 Euros) ganz ausgesprochen glücklich gewählt ist. „Pan" ist griechisch und bedeutet „ganz" oder „alle" ... und das Krad würde alle Euros kosten, die wir haben.

Oh Herr - lass' diesen Kelch an mir vorüber gehen. Ich kann selbst eine gewisse Sympathie für die formale Erscheinung dieses Krades nicht verhehlen – aber 16.000 neue Steine sind viel Geld. Sehr viel Geld. Geld, das ich hinterher nicht mehr in das Guzzi-Projekt stecken kann. Noch während in meinem Kopf sich Widerworte formen, hängt sie am Telefon (..wo hat sie die Nummer so schnell her? Lange geplanter Hinterhalt?) und macht mit dem Honda-Fritzen einen Probefahrt-Termin aus. Samstag war es soweit.

Samstag, 11.00, bei H&M Motorräder, Am Dornbusch, FFM. Man war sehr freundlich und zuvorkommend (16.000 Euro), gibt uns eine Stunde Zeit. Das Krad ist wirklich schön, der Motor grummelt und vibriert grade so sehr, dass man ein gewisses Seelenleben in ihm zu verspüren meint (wenn auch nicht das Seelenfeuer eines Twins). Beim Herunterwuchten vom Hauptständer merkt man aber die 330 kg. Aber dann: Abrahams Schoß.

Kurzes Stück auf der BAB. Ui, das geht um Klassen besser als die alte Pan. Windschutzscheibe hoch und 170: kein Problem. Es pendelt auch nicht, wie in manchen Tests behauptet. Und die Fuhre rauscht so sanft dahin, der Windschutz ist so perfekt, dass die Holde gar nicht merkt, wie schnell wir sind. Bis sie auf den Tacho guckt (das ist ein Konstruktionsfehler, die Instrumente sollten für Sozias nicht einsehbar sein) und mir gegen den Hut haut ... also 'runter von der BAB in Oberursel und das Stück mit den schnellen langen Kurven zum Feldberg hoch.

Autobahnabfahrt, leichte Bodenwelle: Rechte Stiefelspitze setzt auf. ??? Schon ??? Hoch zum Feldberg, die schnellen langen Kurven hinter Oberursel sind die reine Wonne. Das Ding liegt satt auf der Straße und so ein „Mitternachtsexpress - brooooaaaaah - der dicke Bomber" - Gefühl will sich grade einstellen – jetzt aber setzen der rechte und der linke Stiefel auf. Also die Ballen auf die Rasten gestellt (was die Sitzposition empfindlich unbequemer macht) und weiter geblasen. Jetzt setzen die Rasten auf ...

Auf der anderen Seite den Feldberg wieder 'runter - Richtung Königstein - geht's deutlich enger zu. Das geile „dicker Bomber"-Gefühl von der schnellen Bergauffahrt rächt sich fürchterlich. Beim Anbremsen (die Bremsen sind gut) kriege ich fast Mitleid mit dem Vorderreifen und habe das Gefühl, dass eine Bleimasse, die so etwa auf Höhe der Lendenwirbelsäule hinter mir sitzt, mich kopfüber überholen will (muss wohl der Schwerpunkt der Gesamtfuhre sein). Ich versuche das durch eine geringfügig erhöhte Einfahrgeschwindigkeit in die nächste enge Linkskurve zu kompensieren – allerdings vergesse ich die Stiefelspitze unter dem Schalthebel 'rauszunehmen. Ich krieg' sie da auch nicht mehr 'raus, als sie bei zunehmender Schräglage aufsetzt. Und als es noch schräger wird und eine Bodenwelle kommt, drückt es mir via Fußspitze den zweiten Gang 'raus. Ich lande in einem Leerlauf, der Motor heult auf und ich beende die Rechtskurve – nein, nicht im

Graben, sondern mit einem wenig eleganten Lastwechselschlenker und einer tachykarden Herzattacke.
Pianissimo zurück zum Honda-Händler.
Fazit: 16.000 Euro gespart. Schwein gehabt.

Tirade

Mann, das geht mir auf'n Zeiger!
Wo man hinguckt:
Biker! Biker! Biker! Biker! Biker! Biker!
Ich find' die Bezeichnung Mist.
Und stelle fest: Ich bin KRADIST!

... und weiter in Prosa. Ich find „Bike" und „Biker" blöd, weil

1) es wieder mal so'n angestrengter Amerikanismus ist,
2) „Bike" und „Biker" ebensogut ein Veloziped (Fahrrad) und dessen Treter bezeichnen können,
3) das deutsche Wort „Kraftrad" irgendwie kräftiger, saftiger, treffender klingt (das „r" rollen lassen wie das Donnergrollen eines, naja, von mir aus: Harley-Motors): KRRRAFTRAD. Das klingt doch nach Kraft und Saft,
4) und weil der davon abgeleitete KRADIST das schön rrrollende „r" bewahrt und gleichzeitig dem offensichtlich unumgehbaren Trend zur Abkürzung und Akronymisierung Genüge tut, ohne dabei jedoch die Würze des Wortklanges zu opfern.

Aufruf:
Egal, welche Kisten: Wir sind Kradisten!
Kradisten aller Länder: Vereinigt Euch!

Ägyptische Kradkultur

Ich wollt' ja eigentlich NIENIENIE wieder einen Reisebericht schreiben, weil meine unterschwellige deutsche Überheblichkeit unter dem fadendünnen Mantel vorgeblichen Völkerverstehens da immer so durchscheint.

Sagt der Gräf[35].

Deshalb bin ich auch nicht wieder nach Österreich gefahren, sondern nach Ägypten. Da kann ich als Entschuldigung für das folgende Posting schon mal in Anspruch nehmen, dass ich noch nie da war, und dass das unerwartet pralle orientalische Leben mein engstirnig germanisches Urteilsvermögen überfordert hat. Und ich bin auch nicht gefahren, sondern geflogen. Und das war auch gut so, denn ich weiß nicht, ob ich zum Motorradfahren in Ägypten geeignet wäre. Da brauchts ganze Männer, ohne Nerven, fest im Glauben an Allah und ans Paradies mit mindestens 40 Huris pro Nase, denn anders kann ich mir den Fahrstil und die Nonchalance, mit der man zum Beispiel über das Fehlen des Bowdenzuges zur Vorderradbremse hinwegsieht, nicht erklären. (Ich hab' in 4 Tagen Kairo ungelogen mindestens zehn 350er Jawas im Einsatz gesehen, denen entweder der ganze Bremshebel oder der Zug der Vorderradbremse fehlte).

Eieieiei.

Für Autos wie für Kräder scheint in Ägypten im allgemeinen (und in Kairo im besonderen) zu gelten, dass ein Fahrzeug nur dann ausgedient hat, wenn ein völlig irreparabler Defekt der Hupe auftritt. Das ist aber selten, und ich hab' noch nie so viele Hupenfachhändler gesehen, wie auf dem Autoteilebazar gleich oben rechts neben dem Ägyptischen Museum in Kairo. Kommt man zu Fuß ganz leicht vom Museum aus hin, wenn man nicht vorher von einem

35) Gräf, Hermann. Meine Nemesis. Mein Wiener Widerpart. Freudianischer Teutonenfresser. Allverschlinger. Zusammen mit Herrn Donschachner die Scylla und Charybdis für diejenigen Piefkes bildend, die sich in die Untiefen und Strudel von Österreichs Ozeanen vorwagen.

hupenden Autofahrer über den Haufen gefahren wird. Das Museum ist, wie man weiß, pholler Pharaonen, die Stadt und der Bazar aber sind dank stetig hupender Kräder und Autos pholler Phon ...

Pharaonisch sind aber auch die Pherwendungszeiträume der Phahrzeuge, das Werksmuseum der Phirma Phiat ... 'tschuldigung ... Firma Fiat würde sich vermutlich stolz schätzen, so viele Exponate aus den frühen sechziger Jahren zu besitzen.

Der Muselman, wenn er kann (es sich leisten, mein' ich), frönt der Vielweiberei. Dann bleibt für ein Auto nicht mehr genug Geld übrig, und er muss Kraftrad fahren. Jawa (350er Zweizylinder) oder MZ (125er oder 250er) oder Vespa (aus indischer Lizenzproduktion). Anderes hab' ich nur bei der Polizei (Yamaha und Suzuki) oder sehr gelegentlich gesehen. Eine Vespa reicht für Papa (fährt), Erstehefrau (sitzt dahinter), Erstgeborenen (steht vor Papa), Zweitgeborenen (bei Mama auf dem Arm) und die Wocheneinkäufe (verteilt). Zweitehefrauen und weitere Kinder nötigen die Anschaffung eines Seitenwagens und eine gewisse Steigerung der Packdichte der Familienmitglieder und Fressalien. Z.B. können die Gattinnen die Einkäufe ja auf dem Kopf balancieren. Das können die nämlich!

Im Prinzip ist ein Beiwagen aber Mist. Man kann damit nämlich nicht in die WIRKLICH engen Bazargassen hineinfahren, da wo das pralle Leben tobt. In drangvoller Enge

MangoverkäuferSchuhputzerTouristenEselskarrenZiegenHundeKatzenwohlriechendeGewürzpulverbergenebenstinkenden-Scheißhaufen.

Der Mitteleuropäer staunt ob des unvermittelten Kontrastes der Gegensätze, der ägyptische Kradist auf Vespa oder Jawa fährt mit Karacho (eifrig hupend) mitten durch. Man tut gut daran, sich beim Herannahen eines solchen Jawaners oder Vespasianers möglichst dünne zu machen. Man nimmt dabei am besten die Form einer dieser Gestalten auf den allbekannten pharaonischen Reliefs an ... möglichst flach machen, Füße in einer Linie aufsetzen, Schultern parallel zur Laufrichtung, Gesicht nach vorne ... so bietet man dem rasenden Kradisten die geringste Angriffsfläche.

Man staunt. Eigentlich hätt' ich erwartet, dass es angesichts der technischen Zustände der Fahrzeuge und angesichts des – na ja, sagen wir mal: frischfrommfröhlichen Fahrstils (jeder fährt, als wär er auf seinem Privat-Dschihad) dauernd krachen müsste. Tut es aber nicht. Allah ist doch groß und behütet die Seinen. Voreinander. Auf die Touristen läßt er sie aber los. In Form von Andenkenverkäufern, Fremdenführen und Bakschischbettlern. Aber das ist ein anderes Kapitel und ich wollt ja nur strikte on topic was vom Kraftradwesen in Ägypten erzählen.

Dieselmotorräder

Ich weiß nicht, was die Kollegen empfehlen, Schnecken jedenfalls würden Enfield kaufen.

Dialog unter motorradfahrendem Viehzeug, Motorradkauf betreffend:
„Was hältst du", sprach der Schneck zum Wiesel, „eigentlich von Enfields Diesel?"
„Diesel ist der letzte Dreck!", sprach das Wiesel zu dem Schneck,
„Diesel stinkt ganz hundsgemein; und wieselflink soll'n Kräder sein,
Die allerschönsten Wieselstrecken sind verstopft mit Dieselschnecken;
zudem gibt's fiese Dieselflecken auf vieler Wiesel Hausrennstrecken,
manche Wiesel tun verrecken – ausgerutscht auf diesen Flecken.
Nicht mal ein kindisch' Wiesel hat so ein indisch' Dieselkrad,
die Leistung dieses Selbstentzünders genügt nicht - selbst für Wieselkinder."

Resultat:
Der Schneck kroch daraufhin zum Händler
und kaufte einen Selbstentzünder.
Nach Gründen für den Kauf befragt,
hat der Schneck darauf gesagt:
„Erstens ist die Karre lahm,
- was mir als Schneck gelegen kam -
und - auch dieses war mir wichtig -

Diesel ist ganz furchtbar glitschig.
An richt'ger Stell', verschütt' im Stillen,
kann man damit Wiesel killen."

Es lenzt

Oder: wie man mit der Brechstange reimt.
Oder: Fahrgefühl im Kurvengewimmel nach langer winterlicher Fahrpause.

Februar erst; doch: es lenzt.
Wohl dem, der sein Saisonkennz-
eichen mit 'ner 02 versah':
Jetzt sind die schönen Stra-
ßen noch frei und nicht mit Tschobb-
risten, die schleichen, verstopft.
Jedoch, nach längerer Abstinenz,
fuhr ich noch eckig und ents-
etzlich eirig um Ecken herum:
grad' so, wie diese Reime es tun.

Stahlharter Limerick

Ein Biker aus Mainaschaff
war so richtig eisenhart taff.
Aus VA selber fräst' er
sogar seine Präser,
denn ihr Inhalt war doch öfters schlaff.

Fossile Brennstoffe werden knapp? Merk' ich nix von ...

Man sollte nie volltanken, vor allem nicht, wenn man mehrere Motorräder besitzt.
Ich habe drei.
Das eine ist eine Honda. Das andere ist kaputt. Das dritte wird zusammen mit dem verunfallten zweiten mein Zweitmotorrad werden: aus zwei mach' eins.

Nur hätt' ich nicht volltanken sollen.

Die Honda: vorgestern abend (20 l). Das zweite: kurz vor dem Unfall (15 l). Das dritte: kurz vor dem Kauf vom Vorbesitzer aufgefüllt (ca. 10 l). Jetzt wollt' ich gestern den verbeulten Alutank vom zweiten 'runterholen und wegwerfen, damit ich, nach Entfernung des Blechtanks von der dritten und dessen Einlagerung im Keller, die Elektrik von der zweiten in die dritte verpflanzen kann.

Ich besitze drei Reservekanister à 5 Liter. Ich glaub', damit hab' ich statistisch signifikant mehr Reservekanister als der Durchschnittsdeutsche. Reicht trotzdem nicht.

Folgende Nachbarn kamen im Laufe des gestrigen Tages an meiner Garage vorbei:

Jens (hatte seinen MG grade vollgetankt, besitzt keinen Reservekanister)
Peter (fährt Diesel)
Hans (fährt Diesel)
Jörg (fährt Diesel)
Maria (fährt Diesel)
Freddy (hat sein Motorrad noch bei seiner geschiedenen Frau jwd stehen)
ARGL. Nicht fahren können, weil man zu wenig Benzin hat, ist Mist. Nicht schrauben können, weil man zuviel hat, aber auch. Kann man an Tankstellen Benzin zurück geben? Oder nur, wie beim Altöl, beim Einkauf einer gleich großen Menge?

Der Fluch des Flachlandkradisten

Rechtsrum auf die Autobahn,
rechtsrum wieder runterfahr'n,
rechtsrum rauffahr'n, auf den Rasten,
rechtsrum runter, auspuffkratzend,
rechtsrum sich im Kleeblatt neigen,
rechtsrum in die Raststätt' geigen,
rechtsrum geht es oft genuch:
Das ist des Bremer Bikers Fluch.

Kurz hinter Kassel knickt die Bahn
recht scharf nach LINKS, es geht bergan.

Im Pannenstreifen: große Gruppen
von Bremer Bikern, rauchen Fluppen,
schaun' nervös die Kurve an,
verabreichen sich Baldrian,
rüsten sich mental für's Ende,
verfassen schnell noch Testamente ... .

Gibt es eine (bundesweite) Systematik, nach der ausgewählt wird, was auf die Wegweiser gesetzt wird?

Wenn ich meine Erfahrungen zu diesem Thema mal subsumieren darf: Ja, es gibt eine Systematik, die sogar einer gewissen Logik nicht entbehrt.

1) Man kann davon ausgehen, dass, sofern man von A nach B will, das Straßenschild, das nach B weist, stets die schnellste, häßlichste und fahrerisch reizloseste Strecke anzeigt. Abhilfe: Der Beschilderung nach C folgen. Der Weg ist das Ziel. Vorher volltanken.

2) Die Dichte der Schilder, die zu großen, allgemein bekannten Zielen weisen, ist umgekehrt proportional zur Entfernung vom Ziel. So ist es etwa ein Leichtes, von Giessen (etwa 80 km entfernt) nach Frankfurt gewiesen zu werden, jedoch ein Ding der Unmöglichkeit, Frankfurt in gewissen Orten im westlichen Taunus (etwa 20 km entfernt) beschildert zu finden. Abhilfe: Navigation nach Sonnenstand oder Gestirnen. Vorher volltanken.

3) Die Dichte der Schilder, die zu großen, allgemein bekannten Zielen weisen, ist direkt proportional zur Geradlinigkeit des Straßensystems, das sie beschildern. Im Winkelwerk der sich bergauf, talab windenden Sträßchen der Mittelgebirge ist stets nur der nächste Kirchturm ausgeschildert, den man ohnehin schon kurz vor sich hat, nie hingegen die rettende Metropole. Auf den schnurgerade nach Norden führenden Autobahnen Bayerns hingegen wird man stoisch alle 30 km darauf hingewiesen, dass man auf dem Weg nach Berlin sei (wiewohl ich vermute, dass die Bayern das nur tun, weil sie die Preußen möglichst komplikationsfrei und rasch wieder los werden wollen). Abhilfe: um sowohl dem Winkelwerk wie auch den Bayern zu entkommen, empfiehlt es sich, einfach weiter zu fahren. Die Richtung ist wurscht, man muss sie nur grob einhalten, denn glücklicherweise führen alle Wege aus Bayern heraus, wenn man erst mal drin ist. Es ist nur eine Frage der Zeit. Daher vorher volltanken.

4) Wenn man sich am Treffpunkt zweier Straßen befindet und die Ausschilderung seines Zieles vermisst, gibt es drei Möglichkeiten:

   (a) der größeren Straße folgen,
   (b) der bereits eingeschlagenen Himmelsrichtung folgen,
   (c) im Falle des Aufeinandertreffens gleichrangiger Straßen und der Unmöglichkeit von (b): rechts Abbiegen, bei der nächsten Möglichkeit links, dann wieder rechts usw.usf. „Kreuzen gegen den Wind" heißt das in der Seglersprache, es kostet allerdings Zeit und Weg. Daher das vorherige Volltanken nicht vergessen.

5) Im Wald, in einer mondlosen, verregneten Nacht, bereits seit 50 km auf „Reserve", die Ladekontrolllampe brennt, das Handy hat seit Stunden kein Netz, erblickt man im ersterbend funzelnden Licht der Motorradlampe an einer Kreuzung folgende Beschilderung: Links geht's nach „Niederkatzbach", geradeaus nach „Oberfrickelsdorf am Berge (Nebenstrecke)" und rechts runter nach „Sumpfenfroschloch". In der Richtung, aus der man kam, geht's nach „Einöd-Hammersmühle" und so sah's da auch aus - seit Beginn der industriellen Revolution unbewohnt. Abhilfe: Man murmele „in manos tuos, Domine, recommendo spiritum meum[36]" und lege sich neben einem der Schilder zum Sterben nieder. Selbstverständlich neben dem, das nach „Oberfrickelsdorf am Berge (Nebenstrecke)" weist. Man hat ja seinen Kradlerstolz und vermeidet die häßlichen Hauptstraßen wo's geht.

36) „In deine Hände, Herr, befehle ich meinen Geist." Irgendwie werde ich das Gefühl nicht los, dass der liebe Gott Latein spricht.

Nachruf auf einen Rennstreckenhelden

Ein Rennstreckenprofi, verwegen -
ist 'nem Herzinfarkte erlegen.
Auf der B 10
blieb sein Herzelein steh'n:
Es kam ihm einer ENTGEGEN!

Norton Manx klauen?

Wenn du ans Klau'n von Krädern dänkx
klau' dir lieber keine Mänx.
Zu rar sind diese Mänxe längst –
wenn du damit zu fahr'n anfängst,
kriegt man dich schneller als du dänkx.

Klau' lieber 'ne Suzukawonda
Vielleicht ist der Besitzer donkba ...

Probleme mit der Sozia bei Schnellfahrern

„Ja, es stimmt", sprach der Heizer betroffen,
„mein' Sozia's schon wieder besoffen.
Doch nur im Suff
krieg' ich d'Mädels da druff':
nüchtern woll'ns' all' lieber loffen ..."

Wie, zum Teufel, lautet der Plural von Aluminium?

Aluminia?
Aluminiums?
Alumines (wg. lat.: Alumen = Alaun)?
Alumni? (sicher nicht ...)
Äluminiume (wg. Stahl - Stähle)?

Oder gibt es gar keinen, ebensowenig wie es Heliums, Eisens und Chlore gibt, weil dies alles Elemente sind? Natürlich muss es eigentlich „Aluminiumlegierungen" heißen. Den Plural von „Alu" gibt es freilich dennoch. Er heisst „Alus".

(im Metallwarenladen)
Kunde: „Hier gibt's Alu?"
Verkäufer: „Awwer immer!"
Kunde: „Ei dann her demit!"
Verkäufer: „Ja, was, flach, rund, eggsich, hohl, wie lang, wie dick unn was ferre Sord?"
Kunde: „Is mer worschd, Hauptsach' es is'n digge Batze."
Verkäufer: „Was ferre Legierung?"
Kunde: „Häh?"
Verkäufer: „Was ferre Sort?"
Kunde: „Es gibt verschiedene Sorte Alus? Kammer die sich aussuche? Des is' awwer en Söhrwis ..."
Verkäufer: „Ja klar, also, was für eine Legierung?"
Kunde: „Ja, die Scheißregierung ... .am besde e annere!"
Verkäufer: „Grmblll ... WAS FÜR EINE ZUSAMMENSETZUNG SOLL DAS ALU HABEN?"
Kunde: „DAS Alu? Haast des ned DIE Alu? Egal. Am besde bar unn in lauder Zwanzsicher, die könne am Buudsche[37] uff große Schein' immer so schlecht rausgäwwe ..."
Verkäufer: „Häh?"

37) Buudsche, des: eine urfrankfurterische Institution, andernorts als „Kiosk" bezeichnet. Näheres hierzu in der Kurzgeschichte „Erbarme, die Hesse komme!"

Kunde: „Isch nemm aach'n Schegg, wenn's sei muss ..."
Verkäufer (*lichaufgeh*): „Es Awweitsamt is' um die Egg ..."
Kunde: „Ja, schaffe Sie hier nix?"
Verkäufer: „RAUS!"

Antworten auf zwei Fragen zur Wesensart der Schweizerinnen

(jemand schrieb):
Wow, es gibt auch glutäugige und willige Schweizerinnen?

Kulinarisches Liebesgedicht auf meine Schweizerin

Überwält'gend ist der Reiz
meiner Sozia aus der Schweiz.
Ihre Auge glühen braun,
fast wie Mehlsupp' anzuschau'n,
dunkelbraun, wie Toblerone.
Und ihr's Haares blonde Krone
hat die Farb' von Käs'-Fondue
(riecht jedoch nicht so wie die).
Wenn ich sie so anschau, möcht i
reinbeissen wie in Berner Röschti ...

(und jemand schrieb weiter):
Würdest uns diese wohl nicht, nur so zur Sicherheit, zur Verfügung stellen?

... das kannst Du sofort vergessen,
die tu' ich lieber selber fressen!

Bau eines Rennmotorrades - die Startmaschine

Eigentlich, so denkt man, eigentlich ist es ganz einfach, ein Rennmotorrad zu bauen: Man lässt einfach alles weg, was überflüssig erscheint. Leicht sei der Renner ... und zack, wie gedacht, so geschraubt: Blinker weg, Lampe weg, ungefähr 30m Kabelsalat samt Schaltern/Relais/Gleichrichtern/Reglern und sonstigem Geraffel weg, Lichtmaschine weg (war eh' im Arsch, wie praktisch), und, besonderes Vergnügen: Anlasser weg. Der Guzzi-Anlasser kommt offensichtlich baugleich aus der Actros-Baureihe von Mercedes-Benz, und allein sein Fehlen macht die Guzzi zum Mercedes unter den Krädern: „SL" - „schnell-leicht". Jetzt säg' ich noch das Rahmenheck ab, dann wird sie „SLK" - „schnell-leicht-kurz".

Gut.

Aber ich bin auch SLK, aber eher im Sinne von „schlapp-lauffaul-kurzatmig". Mit anderen Worten: ich hab' keine Lust, den Renner anzuschieben, und Kickstarter hat die Guzzi keinen. Ergo muss eine Startmaschine her. Nach einigen Wochen Internetrecherche finde ich einen kommerziellen Anbieter, der so was herstellt, als Antrieb dient 'ne Flex, Kraft per Rollen auf's Hinterrad, sieht gut aus – 550 Euro. Nein. Aber ein Mensch namens Mike aus dem Norden der Republik bietet eine Eigenbaumaschine an, die kost' nicht mal die Hälfte und ich kauf' das Ding unbesehen.

Gut.

Eine Woche später bringt ein fluchender Lastwagenfahrer eine Palette, unter deren Last sein Sackkarren ächzt. Gott sei Dank bin ich derweil nicht zu Hause, aber mein Hinterhausnachbar, der zu dem Zeitpunkt da war, schildert mir in blumigen Worten, dass er es für eine ziemliche Unverschämtheit halte, wenn ich dem Transportunternehmen seine Adresse gäbe, damit man meinen bleischweren Schrott in meiner Abwesenheit vor seiner Haustür deponiere, und er sich dann fast das Kreuz ausrenke, um das wieder wegzuräumen, weil er sonst nicht in seine Wohnung könne usw. usf ... .ein paar Biere später (auf meine Rechnung) haben wir uns dann wieder vertragen.

Gut.

Die monströse Startmaschine wird von einem Bauknecht-Elektromotor angetrieben, der 2,5 kW hat. Goil. Leider braucht das Dingens 380V Drehstrom, und ich hab' nur 220V in der Garage. Und keine Ahnung davon, wie und ob man das umfrickeln kann. Aber: wozu hat man Freunde mit Durchblick? Knapp drei Tage später sitzen die hochaufragenden Türme dreier wirklich fetter Vorschaltkondensatoren neben dem Bauknecht-Motor, oben aus den Kondenstoren gucken abenteuerlich dicke Kabel 'raus und die Startmaschine sieht jetzt endgültig aus wie irgendeine apokalyptische Maschinerie aus einem Sciene-Fiction-Film der zwanziger oder dreißiger Jahre. Würde bestens in das Labor von Dr. Frankenstein passen. Sofern der 220V-Steckdosen hatte.

Gut. Für das Folgende muss man jetzt wissen, dass mein Nachbar im Hinterhaus einen Elektrodurchlauferhitzer hat und ungern kalt duscht.

Also (das war gestern spät abends): Startmaschine einstöpseln, Knopfdruck (leichtes Flackern des Garagenlichtes), wuuiuiuiui, läuft prima, BATSCH – Dunkelheit umfängt mich, die Garage, das Hinterhaus. Stille. Die alsbald von geradezu biblischen Verfluchungen meiner minderwertigen Person aus dem Munde meines Hinterhausnachbarn zerrissen wird, der, wie schon erwähnt, nicht nur ungern kalt duscht, sondern noch weniger gern halbnackt im Dunkeln in den gerümpel- und spinnwebenverseuchten Keller geht, um die Sicherungen des Hinterhauses und der Garage wieder einzuschalten.

Dumm gelaufen.

Wie mache ich ihm jetzt klar, dass wir eine stärkere Sicherung brauchen? Noch dazu, wo die Garage an seinem Stromzähler hängt, was er bei dieser Gelegenheit erst gemerkt hat ...
Ich fahr' jetzt erst mal in Urlaub.

Polenreise - Aufbruch

So. Am kommenden WE fahr' ich nach Polen. Keine dummen Sprüche bitte: Ich hoffe an Leib und Besitz unversehrt zurück zu kommen. Ich hab' mir zu diesem Zweck das dickstmögliche Kettenschloss angeschafft, das für Geld und gute Worte zu haben war. Abus Xtreme oder so ähnlich heißt das Ding (grauenhaft, was man auf den Spuren von „Xmas" und „Pedestrian X-ing" der englischen Sprache so alles antut ...), und ebenso extrem wie die Orthographie ist das Schloss selbst. Kstriem häwwie. Als Schlagwaffe zur Verteidigung des Leibes taugt's schon mal nicht, weil ich es kaum gehoben kriege. Ob es als Diebstahlschutz taugt, wird sich noch herausstellen, denn ich fürchte, dass ich es hierlassen muss, wenn ich nicht einen Federbeinbruch des völlig überladenen Motorrades riskieren will. Die Sozia will ja schließlich auch mit.

Polen also. Wie üblich werde ich VÖLLIG vorurteilsfrei in die Fremde aufbrechen und mich den neu zu gewinnenden Eindrücken in gänzlicher Neutralität öffnen. Wir fahren durchs preußische Pommern ins deutsche Danzig, südwärts dann ins österreichisch-ungarische Galizien, dann wieder westwärts durchs urgermanische Schlesien. Ich werde mich also wie zu Hause fühlen. Dass man auf dem Weg nach Polen (von Frankfurt) die fremden, unheimlichen Gefilde des Neufünflandes mit seinen rasse- und artfremden Bewohnern passieren muss, erfüllt mich zwar mit Sorge, aber was soll's, ich kann ja Fremdsprachen und bin über die Maßen tolerant. Ich werd' schon durchkommen.

Reisebericht Polen

... so - da ist der Reisebericht. Verzeiht, er ist arg lang geworden, aber die Reise war's ja auch. Am gelungensten sind, glaub' ich, das erste und das vorletzte Kapitel, am informativsten aber die dazwischen.

Prolog

Polen - wieso eigentlich Polen? Nun, ich wollt' halt auch mal mit einem halbwegs exotischen Reiseziel prahlen können. Die DomRep kennt ja jedes All-Inclusive-Freibiergesicht zumindest aus dem Katalog - aber wer weiß eigentlich noch, wo Schlesien liegt? Wer kann sich rühmen die östlichen Beskiden bereist zu haben, wer durchmaß je Kaschubien, wer weiß, wo die Obotriten hausten und wer saß je unter sengender Sonne im San-Tal zu Sandomierz, wer aß je Borschtsch in Przemysl und bzstellte dzu eine przllnde Brause? Polen also. Schon wegen der prallen Exotik der Orthographie.

Przoblematisch an Polen ist zunächst nicht die Auszsprache der Ortsnamen, sondern das Hinkommen. Als geographisch mittelmäßig vorgebildeter Südhesse hat man die vage Vorstellung, dass es irgendwo nordöstlich von daheim sein muss. Da man aber schon beim Kartenstudium im Vorfeld der Reise permanent die Ortsnamen Warschau, Wroclaw und Breslau sowie Stettin, Szczecin und Szczecinek durcheinander wirft, wird beschlossen, sich nicht an Ortsnamen, sondern an groben geographischen Gegebenheiten zu orientieren: rauf' bis an die Ostseeküste, nach rechts wenden und dann immer am Wasser lang bis Polen anfängt.

Prima Plan, hätte auch geklappt, wenn es dort oben, an der Ostseeküste, bei Swinemünde/Swinoujscie einen Grenzübergang für Privatkraftfahrzeuge gäbe. Gibt es aber nicht. Fluchend wendet man das mit Gepäck, Sozia und Sicherheitsschlössern überladene Krad (Honda Varadero) gen Süden, um das weiträumige Oderhaff zu umfahren, denn erst in dessen Süden, bei Szczezin/Stettin, geht es über die Grenze.

Das hat aber auch seine Vorteile, denn dieser ungewollte Schlenker führt einen durch einen Landstrich des wiedervereinigten Vaterlandes, den man ansonsten wohl kaum kennen gelernt hätte. Die Uckermark. An einem trüben, regnerischen Tage durch die Uckermark zu fahren - und es war ein trüber, regnerischer Tag - an einem solchen Tag also diesen Landstrich zu queren, ohne aus dem inneren Gleichgewicht zu geraten, bedarf einer gewissen angeborenen Heiterkeit, einer fröhlichen Buntheit des Gemütes, über die ich leider nicht immer verfüge. Ansonsten kriegt man in der Uckermark Depressionen.

Straße. Flach. Geradeaus. Links Kartoffelacker. Rechts Kartoffelacker. Graue Ortschaften. In den grauen Ortschaften verkaufen übellaunige Uckermärker Erbsen- und Kartoffelsuppe aus Gulaschkanonen aus NVA-Altbeständen. Vielleicht stammt ja auch die Suppe aus Konservenrestbeständen der Volksarmee. Oder der Roten Armee. Oder der Wehrmacht, wer weiß, so was hält sich ja. Die Erbsensuppe war übrigens gut. Aber die Stimmung beschissen.

Irgendwann erreicht man dann den urbanen Umbilicus[38], die mondäne Metropole, das pulsierende Herz der Uckermark: Pasewalk. Verzeiht, liebe Pasewalker (sofern hier einer mitliest), aber die kilometerlange, ermüdende Fahrt über die grauen Äcker des Umlandes hat meine Augen blind gemacht für die Reize eurer Stadt, und nachdem ich euren Marktplatz erreicht hatte, wollte ich nur noch eines: weg. Schnell, und auf kürzestem Wege.

Nun hatte ich allerdings nicht damit gerechnet, in wie hohen Ehren die Pasewalker die heimische, kartoffeltragende Scholle halten. In so hohen Ehren hält man sie dort, dass man auf dem ansonsten neu und picobello hell-erdbraun gepflasterten Marktplatz etwa 2x2 Meter große Flächen ungepflastert lässt, die mit der dunkel-erdbraunen Uckermärker Scholle angefüllt sind. Bis zum Rand. Vermutlich will man dort später Blumen pflanzen. Oder Kartoffeln. Weich ist die Uckermärker Erde, tiefgründig der Pflug, mit dem sie umgebrochen wurde, trügerisch ihre glatte, vom Rechen geebnete Oberfläche, und blöde der Frankfurter Tourist, der beim illegalen Überqueren des Pasewalker Marktplatzes jene Pflanzbetten für Pflaster hält und sein voll beladenes Krad mitten hineinfährt, welches darin bis zu den Radachsen einsinkt.

Grandios, denk' ich in diesem Moment, das gibt den Begriffen von der „Reiseenduro“ und der „Touristenfalle“ einen ganz neuen Sinn: Offroad-Abenteuer auf dem Marktplatz von Pasewalk, der Touristen-Knüller der Saison, für alle, die schon alles kennen! Dann aber gilt meine Sorge dem möglichen baldigen Herannahen der Ordnungsmacht, die treue Sozia steigt ab, schiebt, ich gebe Gas, die Varadero steigt brüllend und Erde speiend aus dem Pflanzbecken wie Phönix aus einem Kartoffelfeuer, und unter Hinter-

38) Umbo, umbilicus: lat. der Nabel.

lassung eines verwüsteten Pflanzplatzes, des Gefeixes der Pasewälker Jugend, sowie eines zerstörten Anscheins von Souveränität und weltmännischer Gelassenheit des arroganten Wessies entfliehen wir gedemütigt Pasewalk.

Das, denkt man sich, kann ja heiter werden in Polen.

Erste Eindrücke

Es wird dann auch heiter in Polen. Nicht gleich, denn die Grenzstadt Stettin/Szczezin, über die man einreist, ist noch ziemlich grau in grau. Aber dann, wenn der Weg sich nach Nordosten wendet, hinein in's Hinterpommersche, hellt sich die Stimmung auf. Zwar gammeln auch hier die Dörfer in weltabgeschiedener Kartoffelackerlangeweile vor sich hin, aber sie tun es irgendwie stilvoller, selbstzufriedener und selbstverständlicher als die in der Uckermark, die, im Vergleich, eher verbittert wirkt. Hier scheint Hoffnung zu herrschen, zumindest hat man Geranien in den Fenstern.

Auch hier hält man die heimische Scholle hoch. Droben, in den schönen Fischer- und Badeorten an der Ostseeküste (Ustka zum Beispiel) serviert man sie schmackhaft paniert und gebraten. Weiter im Landesinneren liegt sie um diese Jahreszeit (September) in Form fetter, schwarzglänzender Schollen auf frisch gepflügten, endlosen Äckern und wartet darauf, mit roten Rüben, Kraut, Kartoffeln und Gerste befruchtet zu werden, so dass nie ein Mangel herrsche an Borschtsch, Bigos, Placek und Piwo, als da sind: Rote-Rüben-Suppe, Sauerkraut, Kartoffelpfannkuchen und Bier.

Das, denkt man sich, kann ja gefräßig werden in Polen.

Polnisches Straßenwesen

Es wird dann auch gefräßig in Polen. Um aber an die Orte der Verfressenheit zu gelangen, muss man sich des polnischen Straßennetzes bedienen, und das verdient - zumal in einer fahraktiven Newsgroup wie drm - eine ausführliche Würdigung.

Mir ist - nach 6000 km durch Polen - ein wahrhaft gerüttelt Maß an Erinnerungen zurück geblieben. Es will scheinen, dass die Fundamente der allermeisten Straßen von Kasimir dem Kachektischen[39] kurz nach der Christianisierung der Obotriten und Pruzzen angelegt wurden. Sie waren wohl darauf ausgelegt, Kasmirs halbverhungerte, asthenische leichte Infanterie gegen die schweren Ritter des Deutschen Ordens (mit dem die polnischen Könige in endloser Fehde lagen) ins Feld zu führen und diesem Zweck mögen sie wohl gedient haben. Was auch den überraschenden Sieg der Polen (1412 bei Tannenberg/Grunwald) über besagte Deutschordensritter erkären würde: ich nehme an, dass die schweren Schlachtrösser jener stahlbeplankten Ritter auf den polnischen Straßen bis zum Bauche ebenso versanken wie ich in den Pasewalker Pflanzplätzen - leichte Beute für die Infanterie.

Dieser historische Sieg über den Deutschen Orden bei Grunwald ist übrigens ein ganz wesentlicher Bestandteil der polnischen Nationalfolklore. Jede Stadt, jedes Dorf verfügt über eine „Ulica Grunwaldska", eine „Grünwaldstrasse". (Felix Polonia, glücklich das Land, das sich seiner Siege freuen kann, wenn sie auch noch so lange zurückliegen.)

Gut. Die Ehrfurcht der Polen vor ihrer Geschichte ist also größer als die unsrige vor der unsrigen. Dass die Polen diese denkmalschutzselige Ehrfurcht allerdings bis auf den Unterbau ihrer Straßen ausdehnen: das hätt' ich nicht gedacht. Mit anderen Worten: leichten Fußtruppen mögen die Straßen gewachsen sein, nicht aber den ukrainischen Zwiebellastern und den polnischen Ziegel- und Backsteintrucks (denn viele, viele Polen bauen sich momentan ein Einfamilienhäuschen), die das Land durchdonnern.

Das Resultat ist eine - ich will mal sagen - „abwechslungsreiche" Gestaltung der Straßenoberflächen. Das nämlich, was den Straßen (zumindest im flachen Nord- und Mittelpolen) an Abwechslung in der horizontalen Ebene fehlt (soll heißen: Es geht immer nur geradeaus), das haben sie den unsrigen an Überraschungen in der vertikalen Ebene voraus. Polen ist das Land der Reiseenduros mit langen Federwegen.

39) Kachexie, die: gr. die Auszehrung.

Folgende Grundgestaltungen der polnischen Straßenoberflächen lassen sich unterscheiden:

(a) Die ordinäre Längsrille, auf polnisch „Koleijni", die durch ein Straßenschild, das unserem Schilderwald fehlt, angekündigt wird. Es zeigt - sehr zutreffend - ein Autochen, das über einem schwarzen Balken mit zwei auffälligen Vertiefungen in bedenklicher Schräglage mehr schwebt als fährt. Schräglage ist das passende Stichwort: dieses lustbringende Laster fast aller Motorradfahrer wird durch die Spuren des Lasters, eben die „Koleijnis", effektvoll unterbunden. Wenn schon mal eine Kurve auftaucht und wenn man sie schon mal mit Schmackes in der Ideallinie umrunden will, kreuzt man diese tiefen Rillen mehrfach in spitzem Winkel. Ich habe wenig Erfahrung mit der christlichen Seefahrt, aber das Fahrgefühl, das sich bei diesen Kurvenfahrten einstellt, muss dem ähneln, das ein Segler bei einer misslingenden Halse bei hohem Seegang hat - „demnächst kieloben".

(b) Die gemeine Querrille, auf die man überall im Lande trifft, und die durch ein Straßenschild, das dem unsrigen für „Unebenheiten" ähnelt, angekündigt wird. Nur, dass unser Schild mich immer an Kate Moss erinnert, das polnische hingegen an Dolly Buster. Und das zu Recht. Es gibt kein Entkommen. Die Querrillen überziehen die gesamte Fahrbahn, sie treten überall im Lande auf, auf alten und auf neuen Straßen, auf krummen und auf geraden, auf Autobahnen und auf Nebenstrecken: geschätzt kommt eine Querrille, die die Hinterradfederung der überladenen Varadero auf den Bock treibt, auf etwa 300 Meter. Es nervt und zermürbt.

Das Zustandekommen dieser Rillen ist mir durchaus unklar. Mancherorts sind es sicher die alten, gegossenen Betonplattenoberflächen, über die man einfach drüberasphaltiert hat, aber auch nigelnagelneue Straßen weisen diese Querfugen auf.

Ich glaub' ja, dass die überaus große Zahl dieser Rillen mit der überaus großen Zahl der katholischen Priester in Polen zu tun hat. Vermutlich wird jeder von denen gleich bei seiner Priesterweihe zur Anlage und Unterhaltung von ein bis zwei solcher Querrillen verpflichtet, was ihre Anzahl in etwa erklären würde. Vielleicht helfen auch die Nonnen mit. Und dann, bei der Ohrenbeichte, wenn der arme Sünder sagt, „pater peccavi", dann kann der Priester ganz locker sagen, „ego te absolvo[40], aber zur Buße fährst du die Autobahn Stettin-Goleniow mit Tempo 70. Und wenn Du es wieder tust, mit Tempo 80."

Es wird viel gebeichtet in Polen, aber wohl auch viel gesündigt. Jedenfalls hat man auf den übelst querrillenverseuchten Strecken immer einen Kleinlaster im Kreuz, der verzweifelt versucht ein Tempo zu halten, das ich als Bestrafung empfinden würde, und der deshalb zu halsbrecherischen Überholmanövern über Kolejinis und Querrillen hinweg ansetzt. Die vielen Kreuze am Straßenrand legen ein stummes Zeugnis ab von der Buße, die die Polen auf ihren Straßen tun.

(c) Die allgemeine Desolatheit der Oberfläche, vor allem auf kleinen Nebenstrecken anzutreffen. Sie wird dort offensichtlich als selbstverständlich angesehen und nicht weiter ausgeschildert. Für den, der an der Historie des Straßenbaus von der Jungsteinzeit (denn Polen ist ein altes Kulturland) über die Völkerwanderung bis heute interessiert ist, für den sind die polnischen Schlaglöcher wahre Fundgruben. Je tiefer, an desto älteren Schichten vorbei stürzt das Vorderrad in's Bodenlose, bevor es unsanft im Neolithikum aufschlägt. Je höher die Welle, die sich vor einem auftürmt, desto mehr und frischere Lagen bietet der materialgemixte Flickenteppich, aus dem der Straßenbelag dort besteht. Wahre Zeitmaschinen, diese Straßen. Es ist gar kein Problem mit dem Vorderrad grade im Neolithikum zu stecken und sich dabei eine fein gearbeitete, flintsteinerne Pfeilspitze in die Karkasse zu bohren, während das Hinterrad über einen neuzeitlichen, frisch gesplitteten Asphaltflecken rutscht und sich dabei einen Hufnagel einfängt, den der Gaul vor dem voran fahrenden mittelalterlichen Panjewagen gerade verloren hat.

(Gut. Ist übertrieben. Aber steinerne Pfeilspitzen hab' ich im Museum gesehen und Hufeisen auf den Straßen. Pferdewagen sowieso. In Massen. Man pflügt dort in manchen Gegenden sogar noch mit Rossen.)

40) Lange nicht gebeichtet, wie? „Vater, ich habe gesündigt." „Ich spreche dich los."

Summa: Polen ist kein Land zum Motorradfahren, zumindest nicht für den einigermassen ambitionierten Strassenfahrer. Aus Furcht vor Verwerfungen der Strasse, vor Dreck, Rollsplit und Pferdemist glotzt man nämlich dauernd auf den Flecken Straße direkt vor dem Vorderrad, was sowohl die Ideallinie als auch den Genuss der Landschaft versaut. Zum Glück gibt es, zumindest im Norden und in der Mitte, allerdings auch kaum bewundernswerte Naturgebilde. Straße, rechts und links Bäume, flach, geradeaus, Ackerflächen. Fertig. Es gibt auch wenig Motorräder dort - die meisten dienen ganz prosaisch als billige Transportmittel - Jawa, MZ und diverse mir unbekannte kleine Einzylinder-Zweitakter sieht man recht häufig, letztere oft umgebaut zu abenteuerlichen Trikes, die als Transportmittel in der Landwirtschaft eingesetzt werden.

Das denkt man sich, wird ja ein fader Urlaub werden.

Städte und Straßenränder

Es wird dann aber gar nicht fade, sondern überaus spannend. Die Städte nämlich, die die faden Straßen durch fade Landschaften miteinander verbinden, sind zum großen Teil traumschön und überaus sehenswert. Danzig. Thorn. Posen. Breslau. Kielce. Kasmierz. Lublin. Zamosc. Krakau. Eigentlich, denkt man, eigentlich würde Polen rein touristisch sehr gewinnen, wenn man seine Städte auf die Fläche von, sagen wir mal, Luxemburg, zusammen rücken könnte. In den Städten wird einem dann ganz backsteingotisch zu Gemüte, backsteinerne Kirchen, backsteinerne Bürgerhäuser, Backsteinlaster auf den Straßen dazwischen und man fängt an, darüber nachzudenken, ob man nicht Backsteine als Reisemitbringsel für die lieben Daheimgebliebenen mitbringen soll -- ein süßer Traum vom billigen Souvenir, aus dem man allerdings über der nächsten Querrille durch die durchschlagende Federung des ohnehin überladenen Motorrades herausgerissen wird.

Nach einer Weile aber, wenn man so mit gemäßigtem Tempo über Magistralen und marginale Sträßchen zwischen Polens Metropolen hin- und herholpert, schärft sich der Blick für die Dinge am Straßenrand, und siehe: es wird da allerlei Zerstreuung geboten. Offenbar hassen die Polen nichts mehr als auf Reisen Mangel zu leiden, und deshalb gibt es alle naselang eine Grill- und Imbissbude. Sehr erfreulich, denn dort werden Schaschlik, Würste und Kaffee gereicht. Und Tankstellen gibt es, riesig große, neue Tankstellen, die einer Raststätte an unseren Autobahnen gut zu Gesicht stünden, gibt es überall an den Landstraßen. Selbstverständlich mit Imbissmöglichkeit, nicht immer aber mit Pressluft, was die Kontrolle des Luftdruckes der geschundenen Reifen sehr erschwert. Außerdem sind da alte Frauen am Strassenrand, die körbeweise Gurken und Kartoffeln, in waldigen Gegenden auch Pilze verkaufen. Mancherorts stehen auch junge Frauen am Straßenrand im Walde, bei denen man aber keine Pilze kaufen, sondern sich nur welche holen kann, denn die Damen stehen da, damit auch der allein reisende Herr auf der Durchfahrt keine Entbehrung leiden muss.

Und Kreuze stehen am Straßenrand zwischen den Alleebäumen, viele Kreuze. Manche stehen da wohl schon immer, aus gut katholischem Prinzip, groß, steinern, blumengeschmückt, Christus vorne drauf genagelt. Viele, viele andere, kleinere, hölzerne, ebenfalls beblumte Kreuze stehen wohl noch nicht ganz so lange, und anstelle von Christus steht „Janusz" oder „Pavel" drauf. Wie daheim, denkt man, bis man sieht, dass die zerborstene Vorderradfelge eines Motorrades, das verbeulte Lenkrad eines Autos oder ein zerbrochener Scheinwerfer an manchen dieser Kreuze angebunden sind. Na ja, die Katholiken halten ja auch die Werkzeuge, mit denen der Herr zu Tode gebracht wurde, Kreuz, Nägel, Dornenkrone und Speer für heilig - warum also nicht.

Jetzt wird's aber Zeit für was zum Essen.

Von der Sprache, dem Essen und Trinken und dem Übernachten

All das ist geradezu erschreckend zivilisiert und kosmopolitisch. Gerne hätt' ich jetzt Sätze geschrieben wie: „Das polnische Hotelpersonal lässt sich in zwei Gruppen unterteilen: die Angestellten mit Englischkenntnissen und die ohne. Den mit den Englischkenntnissen trafen wir in Danzig." – aber das ist gar nicht wahr. Den anderen mit Englischkenntnissen trafen wir in Krakau. Aber auch das ist gelogen. Es waren viel mehr, wenn auch bei weitem nicht die Mehrheit. Die Verständigung mit dem Mann und der Frau auf der Straße, die scheitert aber: no english, pas de francais, selten deutsch spoken there.

Eine typische Konversation im rein polnischen Restaurant hört sich dann etwa so an:

Ich: „Tschenje dobr!" (Das muss sich etwa so anhören wie „Goden Tuch!")
Kellnerin: „Djen dobry!" („Guten Tag!")
Ich: „I am sorry, but this is the only word I can say in polish. Do you speak any english?"
Kellnerin: „Czrkzik mltplczektuzuije chchzplacic moskujankrzi ..." (oder so eine ähnliche Lautfolge)
Ich: „Aha!"

In dieser Situation empfiehlt es sich, ihr freundlich die Speisekarte unter die Nase zu halten und, unter aufmunterndem Nicken, mit dem Finger auf beliebige Positionen der Karte zu zeigen, und zwar auf so viele, wie man ungefähr Gänge verspeisen möchte, plus einer Beilage zum Hauptgericht (tendenziell im dritten Viertel der Speisekarte), plus einem Verdauungswodka (stets am Ende).

Zu jedem Fingerzeig nickt man, wie gesagt, bestätigend und sagt: „Prosch ..." („Bidde hamn wolln ..."). Dann muss man nur noch sagen „Piwo, prosch!", und alles ist im grünen Bereich. Das klappt immer, erst kommt dann nämlich ein großes Piwo (Bier) und während man dieses und die folgenden (im übrigen ausgezeichneten, wenn auch meist viel zu kalt servierten) Biere leert (immer nur brav sagen „Piwo, prosch!"), unterdessen also leert die polnische Küche ihr Füllhorn über einem aus. Schmeckt alles, alles probieren! Dann, beim Abschluss des Essens und beim Bezahlen entspinnt sich folgender Dialog:

Ich: „May I have the bill please?" (dabei eindeutige Zeichen, das Bezahlen symbolisierend, machend)
Kellnerin: „Wrclowsklatzki syczktryncjic grobsklotkaja niemiecz ..." (das könnte jetzt heißen „Freilich, es freut mich sie los zu werden ...", aber angesichts der Güte des Mahles und der Freundlichkeit der Servierdüsen hab' ich es immer als „Selbstverständlich, mein Herr ..." verstanden).

Rechnung kommt, die Kellnerin spricht dazu irgendein völlig unverständliches polnisches Zahlwort aus, aber wozu gibt's die Quittung, da steht's drauf geschrieben: zu zweit fett gegessen und getrunken, selten über 25 Euro, meist viel billiger. Anständiges Trinkgeld drauf hauen, artig „tschängkuije!" („donkäschön!") sagen, dann, beim Verlassen des Lokales „Do Wiedsenja" („Hauf Wiedersöhn!") – und fertig. Voila: wie man mit nur 5 Worten polnisch überlebt.

Übernachten funktioniert genauso. Bis hinauf zum Dreisternhotel ist für den Mittelklasse-Westler fast alles bezahlbar. In Breslau waren wir im Hotel Metropol, ein Bau aus dem 19. Jahrhundert, mitten in der Stadt, riesig groß, ein ganz klein wenig (aber nur ein wenig) heruntergekommen und von nur wenigen (aber nur ganz wenigen) real-existierend-sozialistischen Innenausstattungs-Altlasten verschandelt – aber das Zimmer dort war größer als unsere Zwei-Zimmer-Wohnung in Frankfurt. Alleine das Badezimmer hatte meinem im hessischen Ried spargelbauenden Onkel ausgereicht, um drei polnische Spargelstecherfamilien während der Saison darin unterzubringen. 60 Euro für das Zimmer, ähh: die Suite.

Nur einmal, bei einer Übernachtung in einem renovierten Schloss in der Nähe von Waldbrzych (Waldenburg) sind wir eingebrochen. Da ist nämlich beim Versuch der Ausübung der ehelichen Pflichten der Lattenrost unter der Matratze krachend zerborsten und jene samt uns unsanft auf dem Boden gelandet. Der Lattenrost war „Made in Germany".

Epilog

Nochmal nach Polen? Aber immer! Mit dem Krad? Nö.

Reisebericht

(Frankfurt-Tübingen-Schwäbische Alp-Donautal-Schaffhausen-Luzern-Basel unternommen am 29. Juli oder: Sommer 2000)

Pausenlos pisst Petrus Pfützen.
Näselnd niesen nasse Nixen.
Westwind' wehen wäss'rig.
Nymphen niesen nässlich.
Platzregen pieseln plätschernd.
Nordwind' nieseln nässend.
Triefend tratschen Traufen.
Winde wehen Wolkenhaufen.
Tiefdruckzonen triefen.
(Kinder kriegen Kiemen.)
Gewitter gießen Gossen.
(Frauen formen Flossen.)
Wasser wallen wogend.
(Biker, bauet Boote!)

Lyrik und Prosa sollte man nicht verwechseln

Ein Biker - er kam aus Arosa -
verwechselte Lyrik und Prosa.
Nicht weiter schlimm ...
Ein and'rer - er kam aus Saas -
verwechselte Bremse und Gas.
Jetzt ist er hin ...

Fransen

Ein stilvoller Biker aus Kroppen
beschaffte sich neue Klamotten.
(Voll Eleganz,
rundrum befranst.)
Selbst seine Pariser ham' Fransen statt Noppen ...

SOS

(oder: nachweihnachtliches Klagelied des Motorradschraubers)

An Werkzeug gab's nix -
Stattdessen 'n Schlips.

Ich wollt', daß mein Motor rennt -
sie schenkt' mir ein Oberhemd.

Ich wünschte mir Brocken -
sie schenkte mir Socken.

Schrauben bräucht' ich - hundert Dosen!
Doch sie gab mir Unterhosen.

Auch fehlt mir ein Gewindeschneider -
doch sie schenkt' mir Winterkleider!

(Rache)

Sie selbst wünscht' sich, daß ich mal spül' ...
ich schenkte ihr 'ne Flasche Pril.
Hautschonend.
„Wüllst Du vühl, spül mit Prül!"
Seither ist sie etwas kühl ...

Schrauberwinter in FFM-Rödelheim - eine Geschichte ohne Pointe, aber mit möglichen strafrechtlichen Konsequenzen

Da ich mir die Schrauberei an meinen eigenen Krädern so mählich nicht mehr leisten kann (die ewige Café-Racer-Bauerei kostet ein Heidengeld), hat mir der Richard Staffler im letzten Herbst eine Auftragsbastelei vermittelt: eine halbfertigrestaurierte LeMans I eines Freundes von ihm. Wurde irgendwann von irgendwem zerlegt, der dann am Zusammenbau der Elektrik (und einiger anderer Dinge, wie sich herausstellen sollte) scheiterte. Stand ewig bei Richard in der Firma herum und setzte Staub an.

Gentlemen's agreement per email: Der (mir bis dahin gänzlich unbekannte) Eigentümer zahlt die notwendigen Teile und Schmiermittel (also die Bierkisten, die ich während der Arbeit leertrinke), ich stelle die Arbeitskraft. Außerdem stelle ich mir den Eigentümer als einen finanzschwachen, schwindligen Studenten vor, der Guzzis mag, aber nix' von Technik versteht. Dem Manne musste geholfen werden und ich hatte wieder was zum Schrauben. Very well. Der Richard schaffte das Krad mit dem Kleinlaster aus Maintal zu mir nach Rödelheim. Rechtzeitig vor der Veterama in Mannheim, so dass ich dort nach einer ersten Bestandsaufnahme schon einiges an fehlenden Teilen besorgen konnte.

Das Krad sah auf den ersten Blick nach nicht allzu viel Arbeit und Gerstensaftbedarf aus. Rahmen schön schwarz pulverbeschichtet, neuer roter Lack auf dem Tank etc ... 'ne originale LeMans I kriegt man nicht allzu oft zu Gesicht, die meisten sind ja von Knallköppen wie mir selbst bis zur Unkenntlichkeit umgefrickelt worden. Auf den zweiten Blick: auauau. Hinterradschwinge hat 2 cm Seitenspiel (Distanzbuchsen beim Zusammenbau vergessen), sämtliche Bremssättel fest, Hauptbremszylinder hinüber, jede Menge fehlende

Teile und eine Elektrik Marke „spina bifida" (zu deutsch: embryonale Fehlbildung, offenliegendes Rückenmark, mit dem Leben nur schwer vereinbar). Die freien Kabelenden waren sorgfältig beschriftet -- allerdings in Spanisch, dessen ich nicht mächtig bin. Außerdem fielen die Zettelchen bei der leichtesten Berührung ab. Viele schöne Stunden verbrachte ich Bier trinkend und grübelnd beim Anblick der vielfarbigen Kupferwürmer, die sich aus dem Krad herauswanden wie die Gedärme aus dem Leib eines Samurai, der gerade Harakiri begangen hat.

Na ja, der Winter wurde mir nicht lang. Vor allem war es nett, haufenweise teure Teile (z.B eine schnuckelige elektronische Zündung von Silent Hektik) kaufen zu können, ohne sie bezahlen zu müssen - der Besitzer sagte einfach: „Mach' mal, darf ruhig was kosten". So schraubt man gerne - zwischendurch mal ein email an den Eigentümer: „Ey, schick' mal frische Kohle, ich brauche yxz ..."

Irgendwann vor Weihnachten lief sie dann, mehr schlecht als recht (aber immerhin: Der Motor schien gesund, Kompression war da, die Kupplung trennte und das Getriebe ließ sich schalten) und der Eigentümer reiste an, um den Stand des Werkes in Augenschein zu nehmen. Im Porsche. Soso. Ich begann das „..darf ruhig was kosten" zu verstehen. Er stellte sich trotzdem als ein sehr netter Mensch mit einem Drang zum Gerstensaft heraus, der meinem eigenen ähnelt. Und mit Ahnung von Krädern, aber mit wenig freier Zeit. Tja, der Preis des Porsche ... übernachtet hat er dann in einem schicken Hotel in der Nachbarschaft ... wenn ich mal groß bin, will ich auch so werden. Allerdings tät' ich statt des Porsche lieber einen Aston Martin fahren. Aber na ja. Das wird so und so nix, erstens bin ich ja schon alt und bei meinem Geschäftsgebaren (s.o.) bring' ich es eh 'nie zu Geld. Außerdem fehlt mir für den Aston Martin das Zollwerkzeug.

Im Lauf des Januar lief sie dann immer besser (diverse Vergaserprobleme wurden mit Hilfe von drm gefunden und behoben) und ich begann das Krad richtig zu mögen. Ich bastelte liebevoll diverse Blinker- und Verkleidungshalterchen aus Stahl, Messing und Leichtmetall, die im Ersatzteilhandel schon nicht mehr zu kriegen sind. Hartlötend, feilend, bohrend und Gewinde schnitzend überlegte mir derweil diverse Szenarien, die den Eigentümer dazu bringen könnten, mir das Ding billig zu verkaufen. Diese (ruinösen) Überlegungen durchkreuzte das Krad selbst, indem beim Aufbocken in der Garage nach einer kurzen Probefahrt vor'm Haus ein schlecht angeschweißter Ausleger des Hauptständers abbrach. Ich fand mich eingeklemmt zwischen Krad und Werkbank/Schraubstock wieder, eine äußerst missliche Lage, aus der mich die auf mein Geschrei hin zusammen eilenden Nachbarn befreiten.

Der Eindruck der schlosserischen und kradfahrerischen Kompetenz, den ich bis dahin auf meine Nachbarn zu machen versucht hatte, litt ein wenig unter diesem Geschehen und auch meine Zuneigung zu dem Krad kühlte sich ziemlich schlagartig ab. Schaden am Krad: keiner. Schaden an mir: Jede Menge blaue Flecken und eine leichte Rippenprellung gleich über dem Herzen, die allerdings den frisch lackierten Tank vor dem Kontakt mit dem Schraubstock bewahrte. Soll noch einer sagen, ich hätt' kein Herz für Kräder!

Gut. Die Wunden geleckt und dann fluchend den %&/!-Hauptständer ausgebaut und so richtig fett mit 90 Amps Schweißstrom und der dicksten verfügbaren Elektrode zusammengebraten. An dicken Rohren schweißt's sich gut mit Wut im Bauch. Zum Glück flog die Haussicherung 'raus, bevor ich größere Löcher braten konnte, ich hab' dann nach der Schlackenentfernung noch mal mit ein bisschen weniger Strom drübergebruzzelt ... .und scheiß' auf die Kunststoffbeschichtung (die das einzige war, was den dämlichen Ausleger anfangs noch hielt): mattschwarzer Lack drauf, angebaut, fettich.

Den Anatomielaster von der Uni ausgeliehen, Krad eingeladen und zum TÜV gefahren. Ein netter Herr, der Herr Ingenieur vom TÜV in Frankfurt: Er hilft mir beim Ein- und Ausladen, findet die Tatsache, dass der Blinker hinten links ausgerechnet jetzt nicht funktioniert („ich schwöre, gestern Abend ging er noch..") nicht so dramatisch, die 1,7 mm Profil der Vorderreifens entlocken ihm ein „ ... .na ja, das wird aber Zeit!" und dass der Seitenständer nicht selbsttätig einklappt, das merkt er dank einer von mir geschickt eingefädelten Auf- und Abbockregie gar nicht. (Ich gab ihm zum Zwecke der Probefahrt das mit einem unauffälligen Fußschlenker [*klonk*] vom Seitenständer abgebockte Krad in die Hand und nahm es ihm beim Anhalten auch wieder ab.) Zu meiner Verwunderung mockierte er sich auch nicht über die Stahlflexbremsleitungen: die seien neuerdings nicht mehr eintragungspflichtig, es genüge das (mitgebrachte) Gutachten mitzuführen. Na dann ...

Die Tage kommt der Eigentümer und holt sie ab. Ich hab' grade die Kostenaufstellung fertig gemacht: So etwa 1400.- Euros hab ich verbaut, darunter viele Gebrauchtteile, die ich auf der Veterama aufgetrieben hab' oder die bei mir noch in diversen Kisten rumflogen. Platz geschaffen für neuen Kram ... übernächste Woche kommt ein Klassenkamerad, er bringt mir 'ne alte Guzzi T3, an der ein bisschen was umgebaut werden soll. Er zahlt die Teile und das Bier ...

Ich hab' meinen Beruf verfehlt - ich sollte in einer Brauerei arbeiten, da könnt' ich konkurrenzlos billige Guzzi-Restaurierungen anbieten.

PS.: Fällt das unter das neue Schwarzarbeitsgesetz?

Loblied auf KTM

Für die Äcker
nimmt man Trecker.
Für „la strada"
ist das Krad da.
Soll's auf beiden nich' loofen,
kauf's in Mattighofen ...

Kabelverbindungen klemmen (crimpen), schrauben oder löten?

(Streiterei unter Fachleuten im Himmel)

„Löten!", sprach Ohm zu Herrn Volta,
„da ist die Spannung stets voll da!"
„Crimpen!", sprach Volta zu Ohm,
„solamente so permanente fließt Strom!"
„Schrauben!", sprach da der Herr Watt,
„that's solid and sehr straight forward!"
„Verzwirbeln!", sprach drauf Herr Ampere,
„et puis drumherum mit Klebär,
ca ne taugt pas garnix
et serrappelt sich fix:
Mais was wär ein Motorradelektrique ohne Fehlär?"

Der gute Kamerad - Version für Motorradschrauber

(frei nach Ludwig Uhland)

Ich hatt' einen Kameraden,
einen bessern findst du nit.
Er konnte prima schweißen,
oft tat ich zu ihm reisen
und bracht' mein Schweißgut mit.

Doch Schweißen kann'ch jetzt selber
und eig'ntlich war er ein Depp.
Jetzt such' ich einen neuen,
der eine Drehbank hätt' ...

Röööhr

Wohnt hier einer in der Nähe von Rödelheim? Nein? Gut, denn die, die in der Nähe wohnen, haben vermutlich gemerkt, dass meine Zweitguzzi seit Samstagmittag wieder läuft. Alles prächtig, allerdings erwiesen sich die Anschaffung und der Anbau zweier ultrakurzer Megaphone (Nachbau Norton Manx) als glatte Fehlinvestition, zumindest was den geplanten Straßenbetrieb des Café-Racers angeht. Schon mal EINE Manx gehört? Dieser böse, komprimierte Leerlaufschlag ohne eine Spur von basslastiger Wärme des Tones, der sich beim Gasgeben zum Wutschrei eines sehr großen, vorsintflutlichen Tieres steigert? Ja? Gut, die Guzzi hat zwei Megaphone, zwei Zylinder und hört sich an wie ZWEI Mänxe gleichzeitig.

Die kurze Probefahrt vor'm Haus fiel recht ernüchternd aus, indem mir die ältere Dame aus der Nachbarschaft kurz danach einen ihrer ganz seltenen Besuche in der Garage abstattete und mit aller Deutlichkeit darauf hinwies, dass ihr Enkel bei den Motorradschupos tätig sei und dass sie ein ausgesprochen gutes Verhältnis zu ihm und im übrigen auch seine Handy-Nummer griffbereit habe ... und dass es meinem Motorrad an einer Straßenzulassung mangele, erkenne sie trotz ihres Alters an dem Fehlen der TÜV-Plaketten auf dem Nummernschild etcetc. Ich wollt' ihr ein lauwarmes Bier aus der Flasche zur Beruhigung anbieten, aber das half auch nicht wirklich, sie wollte Kaffee und Kuchen. Und zwar in Ruhe. Ich gelobte Besserung.

So geht's also nicht. Das Ding ist martialisch laut, dabei hab' ich noch nicht mal die „Dämpfer" aus der Anlage 'raus genommen. Die originalen Guzzi-Schalldämpfer mag ich aber auch nicht fahren, ich will ein schlankes, möglichst tütenfreies Heck. Und da keimte die Idee in mir, dass man ja vielleicht unter dem Getriebe (da hat's Platz), so a la Buell, einen Schalldämpfer unterbringen könnte – einen aus einem Auto, so'n rundes oder ovales Dingens, wie die das eben in den Dosen verbauen.

Nun hab' ich allerdings von Dosendämpfern keine rechte Ahnung (Aussehen? Abmessungen?) und hab' mich erst mal mit dem Zollstock unter die Guzzi verzogen, um festzustellen, wieviel Platz da ist. 10x20x35 cm. Aha. Mit dem besagten Zollstock bin ich dann auf die Straße gegangen und unter die Autos der Nachbarn gekrochen, um mir eine Vorstellung von den Abmessungen der Schalldämpfer verschiedener Fahrzeugtypen zu machen. Ich will hier nicht weiter erwähnen, dass mein Tun erneut das Misstrauen besagter älterer Nachbarin hervorrief, als ich unter dem Auto der Besucher ihres Kaffeekränzchens herumkroch ...

Ich bin also mit meiner vergleichenden Schalldämpferanalyse verschiedener Autotypen nicht sehr weit gekommen, aber soviel ist mir doch klar geworden: die Dinger haben im allgemeinen zwei, einen Vor- und einen Nachschalldämpfer. Ich denk', ich geh' demnächst mit meinem Zollstock lieber mal zu „Pit Stop" oder einem sonstigen Auspuff- und Bremsendienst und mess' da noch ein wenig herum, das schont meine Nerven und die der Nachbarn.

Im Falle von Ankickproblemen

Unnütz ist der Wadenschmalz
im Falle eines Schadenfalls.

Drum prüf' er Zündung und Vergaser
(mit Druckluft durch den letzt'ren blas' er ...).
Auch prüf' er des Benzines Fluss
(welches zu dem Brennraum muss).
Des weiteren die Kompressiön
(gestählte Wade schafft neun, zöhn ...).

Wenn der Motor weiter schweigt,
ist Bodybuilding angezeigt,
denn der wahre Kradler schafft
jedes Krad mit Wadenkraft.

Vom Sinn der Pömpel[41] unter den Fußrasten

... was kratzt denn da?
War es die Raste?
Der Haupstända?
Der Limakaste?
Der Rahmen gar?
Der Auspuffkrümmer?
Oh, nein, oh nein: es ist viel schlimmer:
Zwar kratzt es nicht am Auspuffrohr,
doch dafür kratzt es mich im Ohr!

Wie soll ich mich im Ohr jetzt kratzen:
zum Lenken brauch' ich beide Pratzen,
der Helm ist zudem integral,
scheiß, da kann man nicht einmal
mi'm Finger in den Ohren bohren -
ohhhhh, das juckt ja immer schlimmer,
vielleicht wenn ich mit einem Finger ... .

(Visieraufklapp, verzweifelter Versuch beim Fahren in ziemlicher Schräglage mit der behandschuhten linken Hand im rechten Gehörgang zu kratzen, welcher aber unter Helm UND Sturmhaube verborgen ist, geht natürlich schief, Kontrollverlust ... . Lowsider ... funkenstiebend Richtung Kurvenaußenrand.)

(Opa zu Enkel am Strassenrand):
„Siehst du Kind? Hast du geguckt?
So geht's dem Kradler, den es juckt,
pömpelfrei die Kurv' zu kratzen:

41) Pömpel, der: südhessisch umgangssprachlich für einen irgendwie zapfenartigen Gegenstand an Mensch und Maschine. In diesem Falle heißt das auf Hochdeutsch „Schräglagenindikator", glaub' ich. Nicht zu verwechseln mit dem Gummipömpel (Gummisaugglocke) zur Abflussreinigung.

Ist es nicht traurig anzuschaun?
Man kratzt ihn vom dem Chausseebaum ...

Drum merke dir, mein lieber Önkel:
NIMM STETS LANGE RASTENPÖMPEL!
In den Helm - zwei Löcher bohren
(rechts und links, über den Ohren)
die Pömpel 'rein, ein Drehgriff dran:
was juckt es den, der kratzen kann?
Und dann lass jucken, bis die Rasten
selber auf dem Boden kratzen ... ."

Enkel (zu sich selbst):
„Und ich dacht immer, das wären so altmodische Hörgeräte, die dem Ollen aus'm Ohr gucken ..."

Starthilfe mit Äther

„Kickstart", dacht' ein Kradler aus Mäders,
„geht leichter mit Hilfe des Äthers!"
So etwa ein Liter
in'n Lufi, dann tritt er ...
könnt' er noch - 'niemals mehr tät' er's ...

Fahrradfahrt im Gewitter

... und wie ich dann, auf'm Fahrrad im Gewitterregen, zum wiederholten Male in der weg(weiser)losen Einöde zwischen Höchst und Rödelheim[42], die überdies von unüberwindbaren Hindernissen wie Autobahnen, ummauerten Bahntrassen und der braungurgelnden Nidda durchschnitten wird, wie ich also dann durchnässt und orientierungslos diese Einöde durchstrample. Den Ginnheimer Spargel (für die Ausheimischen: den Frankfurter Fernsehturm) als Fluchtpunkt meiner Orientierung im Raum gen Nordosten, hin zum heimischen Rödelheim, zwar immer fest vor Augen, von der stracken Annäherung an ihn aber immer wieder durch die unerbittlichen Hindernisse abgehalten. Sinnlos kreisend auf matschigen Feldwegen, das hämische Gelächter laubenbehüteter Kleingärtner im Ohr, die von ihren trockenen Unterständen aus, flaschenweise Bier trinkend, den wiederholt auf seinen verzweifelten Runden an ihnen vorbeikommenden Radler, tiefgebückt in sein Elend und durstig, verspotten.

Niemals komme ich so nach Hause; meine blühende Praxis ist verloren; ein Nachfolger bestiehlt mich, aber ohne Nutzen, denn er kann mich nicht ersetzen; in meinem Hause wütet der Nebenbuhler; mein Weib ist sein Opfer; ich will es nicht ausdenken. Nass, der Traufe dieses unglückseligsten Zeitalters ausgesetzt, auf versagendem Fahrrad mit schmerzenden Waden treibe ich alter Mann mich umher. Meine GoreTex-Klamotten sind hinten im Rucksack, ich kann sie aber nicht erreichen, und keiner aus dem beweglichen Gesindel der Kleingärtner rührt den Finger. Betrogen! Betrogen! Einmal dem Fehlläuten der Nachtglocke gefolgt - es ist niemals gut zu machen.

(Kafka, Ein Landarzt, leicht abgeändert)

42) Frankfurt-Höchst und Frankfurt-Rödelheim. Dazwischen die Auen der Nidda. Surreale Landschaft.

Fortsetzung eines uralten österreichischen Witzes

Warum ham die Araber ka Brot?
Weils ka Mehl ham!

„Herr Ober, ein Mekka!"
„Mokka?"
„Auch gut .., aber Koran!"
„Koran?"
„Ähh .. Ko Rahm!"
„Koram???"
„Sie sollen keinen Ramadan!"
„Ahh - aber wir tun sowieso nie Rahm in den Mokka."
„Ach so .. dann bringen's mir 'nen Kaaba ..."
„Medina?"
„Nee, lieber mehr dicker.."

Design BMW GS

Das Schnabeltier zum Nasenbär:
„Gell, man hat's im Leben schwer?"
Der Nasenbär zum Schnabeltier:
„Ach Schnabeltier, beruhige Dir ...
Nas' und Schnabel sind ein Graus,
doch die GS sieht schlimmer aus!"

... und nochmal BMW-Design

Ein Sadist aus dem Städtchen Sursee
verdrosch sein Weib von Kopf bis Zeh,
denn er liebte die Ollen
nur so richtig verquollen ...
... er chefdesignt nun BMW.

Nur mal eben schnell ...

... das Gabelöl wechseln.

Nach der Arbeit heimwärts strampeln, ab in die Garage, ist ja erst sechs, die Holde kommt nicht vor neun, halb neun muss ich fertig sein, denn ich muss das Ochsenschwanzragout noch aufwärmen. Kater plärrt vor der Garage herum, weil er Kohldampf hat und - verzogenes Mistviech - die Treppe in den dritten Stock (wo sein wohl gefüllter Futternapf steht, den er jederzeit eigenhändig – ähh: -pfotig via Katzenklappe erreichen könnte) hinaufGETRAGEN werden will. Tja, mein Bester, Pech gehabt, das Gabelöl geht vor.

(Während des jetzt Folgenden maunzt es ununterbrochen ganz gottserbärmlich, derweil diverse Hausmitbewohner, die vor meiner Garage vorbeigehen, den armen Hunger leidenden Kater wegen seines unmenschlichen Herrchens, das ewig nur in der Garage herumschraubt, aufrichtig bedauern und ihm Streicheleinheiten verpassen. Zwischendurch hopst er auf das Dach meiner Blechgarage und macht dort einen Heidenrabatz bei dem Versuch, die Amseln zu fangen, die im Kirschbaum sitzen, der sich anmutig über die Garage neigt. Die Amseln sitzen auf den unteren Ästen, die das Garagendach fast berühren und beschimpfen den Kater. Das alleine macht schon ziemlich viel Krach. Der Kater aber hopst vom Dach in die Höhe, erwischt die Amseln freilich nicht und fällt mit „plautz" wieder auf das Blechdach. IN der Garage klingt das, als ob einer eine Steeldrum mit einem Gummihammer bearbeitete.)

Jetzt aber das Gabelöl. 32er Schlüssel an der oberen Verschlussschrauben angesetzt ...

Dann kommt die bosniakische Putzfrau, die die faule Hausgemeinschaft (also auch ich) geheuert hat, um das Treppenhaus einmal die Woche vom Gröbsten zu reinigen. Sie präsentiert einen Besen und einen Stiel - getrennt, wohlgemerkt - und sagt in etwa:

„Chjunger Mann, könne du rebbariere Bäsäm diesiges?"

Auf „junger Mann" reagier' ich wie Katzen auf Baldrian, mir schwillt die Brust und ich sag': „Klaro, kleinen Moment." Dann schaut sie mir zu, wie ich den Besen NICHT reparieren kann, weil ich erstens von Holzbearbeitung keine Ahnung und zweitens keinen 22er Bohrer habe, den ich bräuchte, um den Stiel neu einzupassen. Derweil guckt sie sich in meiner Garage um und sagt Dinge wie:

„Chjunger Mann, du müssen sauber mache dein Garasch. Überall Bierflasch und Siggarett auf Boden."

(Badong ... Kater springt von einem Ast auf das Garagendach)

Da hat sie Recht. Jetzt aber nicht, denn ich muss ja noch das Gabelöl wechseln. Ich geb' ihr meinen Besen, den ich (ab und zu) verwende, um die Garage auszukehren, er ist so gut wie neuwertig, und sie strebt von dannen, das Treppenhaus zu fegen.

Jetzt aber das Gabelöl.

32er Schlüssel an den oberen Verschlussschrauben angesetzt, zack, auf, zack, andere Seite auch auf, UAAAAAH, Guzzi knickt nach vorne ein, vergessen einen Holzklotz unter den Motor zu schieben, da ist ja Last auf dem Vorderrad, wenn sie auf dem Montageständer steht ... Schweißausbruch ... mit einer Hand die Guzzi am endgültigen Einknicken hindern, mit der anderen versuchen den Scherenwagenheber zu erreichen, der gerade noch in Reichweite ... Mist ... gerade nicht in Reichweite ist.

(Badablomdong ... Kater macht einen doppelten Rittberger auf dem Garagendach)

Der Besenstiel, den ich, alten Gewohnheiten folgend, achtlos auf den Boden warf, ist aber in Reichweite, den - als Hebel - unter den Motor, um die Kiste vorne hoch zu hebeln, dann kann ich etwas weiter vom Krad weg, eine Hand am Stiel, die andere erreicht jetzt den Scherenwagenheber ... uff, gerettet.

Aus der Hocke ächzend in die Höhe, seufzend eine Bierflasche geöffnet ... Mist, schon nach halb acht ...

Jetzt aber das Gabelöl.

Das alte muss freilich vorher 'raus, das frische hab' ich aber zur Hand, haha, wie praktisch, bei Guzzi ist der Dämpfer in einer separaten Kartusche, das Gabelöl hat mit der Dämpfung also nix' zu tun, es schmiert nur, ergo kommen da pro Holm 120cc ATF rein, und eine halbvolle Pulle mit ATF hab' ich neulich beim Entrümpeln der Wohnung eines automatisiert-motorisierten Hausgenossen abgegriffen. Ist halt schon ein wenig älter, wird's aber tun ...

Jetzt aber erstmal das alte Öl 'raus.

Ölablassschrauben 'rausgedreht, zwei alte Whiskey-Gläser (wie kommen DIE in die Garage?) untergestellt ... hmm. Dass alte Männer an der Prostata leiden, ist mir ja klar, dass meine Guzzi-Gabel ähnliche Probleme bei der Miktion hat, ist allerdings sicher darauf zurück zu führen, dass das Gabelöl an der Forke, die ich da verbaut habe, zuletzt 1978 gewechselt wurde. Was heisst hier gewechselt: eingefüllt. An zähen Fäden schleichen einzelne Tropfen abwärts ... geschätzte Konsistenz ist etwa SAE 180, dabei hat ATF doch nur so etwa 20, 30 ... ich dachte immer, Öl würde mit der Zeit dünner ... ausserdem, ist verdammt viel Aluminiumabrieb drin ... tröpfel ... noch eine Bierflasche ... den Gedanken, die Gabel vermittels des Schweißbrenners ein wenig zu erwärmen, sicherheitshalber verworfen ... tröpfel ... grübelndes Biertrinken ...

(Stimmen vor der Garage:.. „MAUUUUAUAUUU" ... „Ooooch, Du armes Kätzchen, gibt er dir nix' zu fressen – WICHT, du Sack, dein Kater hat Hunger!")

Die Garagentür geht auf und Freddy, der nette Nachbar, kommt 'rein, Kater auf'm Arm, und sagt Dinge wie: „Du sollst schrauben, und nicht Bier trinken ..." Ich deute wortlos auf das zähfädige Getröpfel und Freddy, der praktisch veranlagt ist, sagt, dass ich die Sache doch einfach mit Benzin durchspülen soll. Socko idea. Perfusor-Spritze (an der Uni geklaut), Aquarienschlauch (sonstwo gefunden), das ganze in den Tank des zweiten Café-Racers abgesenkt, 100 ml SuperPlus raus gesogen (ächz, die Benzinpreise ...), leichtes Gesabber, Kater verabscheut den Geruch von Benzin, entwindet sich Freddies Armen, springt auf den Boden, schmeißt dabei eines der ölgefüllten Whiskey-Gläser um und sucht eilends das Weite ...

Freddy sagt: „Wir sind hier im Wasserschutzgebiet ..."
Ich sag': „Woher soll der Kater das wissen ..." und such' einen Lumpen.

Das Durchspülen ging dann ganz problemlos, denn SuperPlus ist trotz der hohen Oktanzahl überaus dünnflüssig und es war gar kein Problem, es mittels der Spritze durch den etwa 2mm breiten Spalt, der zwischen dem oberen, geöffneten Teil des Gabelholms und der daraus hervorragenden Dämpferkartusche, die, wie gesagt, den Gabelholm innen fast vollständig ausfüllt und die nicht ohne Ausbau des Vorderrades zu entfernen ist – es war also kein Problem, die dünne Suppe da hinein zu injizieren. Unten lief's derweil munter heraus - so löst sich auch der Katerölfleck besser - Whiskeyglas wieder 'drunter, und bis die Suppe einigermaßen klar und abriebfrei war, hab' ich sicher pro Holm einen viertel Liter SuperPlus durchgejagt. Ha, so'ne Guzzi ist eines der wenigen Kräder, das auch mit stehendem Motor Benzin verbraucht.

Jetzt nur noch das frische ATF einfüllen, ist ja schon viertel nach acht.

ATF-Behälter geschnappt und 100 ml davon in die Spritze gefüllt. Seltsam. Ich dachte immer, ATF sei rot. Jenes ist mehr braun ... und außerdem schleicht's wie SAE 50. Aber vielleicht liegt's nur am kalten Sommer. Und besser als das alte ist es allemal. Und mit der Dämpfung hat's ja auch nichts zu schaffen. Also 'rein damit. Schnell, das Ochsenschwanzragout muss auf's Feuer.

Schnell ... nein. Das ATF ist nämlich doch deutlich zäher als das Benzin, es füllt den oben erwähnten Spalt vollständig aus, dann läuft's über und dann kommt von unten, wo es eigentlich hin soll, ein blubbernder Rülpser der entweichenden Luft, der einen Gutteil des noch im Spalt befindlichen Öles ebenfalls nach oben herausdrückt. Verzögerung des Kataraktes (des „Herabfallens") des Öles durch die Anabasis (das „Heraufsteigen") der Luft – jaha, ich bin gebildet und zitiere stehend freihändig griechische Fremdworte aus dem Xenophon, derweil mir Freddy bewundernd an den Lippen hängt, die all diese schönen Worte abscheiden, dann aber folgendes sagt:

„Du hast die Ablassschraube vergessen."

Der verzögerte Katarakt ist also hoch willkommen, denn er gibt mir die Chance, die Ablassschraube erstens hektisch zu suchen, zweitens fast rechtzeitig zu finden und einzudrehen, bevor allzuviel ATF unten wieder herausläuft. Dass ich in der Hektik eines der spülbenzingefüllten Whiskey-Gläser umschmeiße, tut nichts weiter zur Sache, es liegt ja ein öliger Lappen neben dran.

(Badablongdongderong - Kater katapultiert sich in paroxysmalen[43] Tachykinesen[44] vom Tectum[45] im die Rami[46] des Arbor pruni[47], um von dort in donnernden Kataklysmen[48] jeweils wieder herabzukatarakten ...)

„Du brauchst sicher keinen Fremdwortabscheider", sagt Freddy, „sondern einen Ölabscheider."
„Rectum!", sage ich und suche einen neuen Lappen.

Dabei bleib' ich am vorstehenden Ochsenaugenblinker des Lenkers hängen, der schlägt um, dabei fällt das andere benzingefüllte Whiskeyglas auch noch um und die Spritze mit dem ATF, die in der oberen Öffnung des Gabelholmes stak, fällt auch herunter, weil ihr

---

43) paroxysmal: gr. anfallsartig
44) Tachykinese: gr. schnelle Bewegung
45) Tectum: lat. Dach
46) Ramus: lat. Ast
47) Arbor pruni: lat. Kirschbaum
48) Kataklysma: gr. zerstörerische Katastrophe

aber der Stempel fehlte, entleert sich ihr Inhalt beim Fallen auf den Vorderreifen.

„Komm", sag' ich zu Freddy, „komm, schnapp Dir den Kater, lass uns hochgehen, ich mag nicht mehr. Meine Holde kommt gleich. Außerdem muss ich noch meinen Ochsenschwanz vorbereiten."

„Das mit dem Ochsen", sagt Freddy, „passt. Aber was für eine Sorte Vorbereitung meinst Du?"

Hommage an Goethe und die Thüringer Bratwürste

(An eine rohe Bratwurst)

Zwischen zwei Zipfeln steckst du
und über allen Wipfeln riechst du
der Bratwürste Rauch.
Aber's ist mir mein Grill noch zu kalte,
doch warte: nur balde
brat' ich dich auch!

Immanuel Kant (II)

(Frauen verstehen lernen)

Ein wahres Verständnis der Frauen ist dem Kradisten ohnehin nicht gegeben. Wie sagte doch Immanuel Kant (und ich glaube das gilt besonders auch für schraubende Kradler): „Der Mensch glaubt nur das verstanden zu haben, was er konstruieren kann".

„Ach", sprach ein Schrauber voll Grauen,
„ich dacht' wie ein Krad sei'n die Frauen:
Zum gründlichen Pflegen
muss man sie zerlegen.
Und für so'ne Aktion
der Dekonstruktion
und der Rekonstruktion,
die die Umkehrfunktion
der Zerlegungsaktion
ist,
ist die Wintersaison
die richtige Zeit.
Und ich bin auch so weit.
Aber Mist:
Jetzt dachte ich schon,
dass ich schnell dazu komm'
vor der Frühjahrsaison
sie z'sammen zu stecken
(zu üblichen Zwecken,
denn es steiget der Saft
in die Lenden mit Kraft ...).
Doch es sind viele Teile
und trotz aller Eile
wird's mählich eng:
denn sie riecht schon recht streng."

Wie der Herr, so's Gescherr ...

Das Krad eines Kradlers aus Otter (21259)
lief meist nur mit recht viel Gespotter.
Er sprach drauf: „Das nehm' ich
lei ... leicht, den dysphemisch
bi ... bin ich ja selbst - heißt: ich stotter'.

Zwangsreim

Dem Inschinör
ist nix zu schwör
und dem Poet
ist nix zu bloed.

Philosophische Bauernregeln

(Immanuel Kant [III])

Liegt das Hähnchen tot im Nest,
war's wohl die Geflügelpest.

Liegt es platt auf dem Bitumen,
tat wohl ein Kradler drüber brumen (aua).

Ist's jedoch für'n Grill verreckt,
war's kein Unfall, sondern Zweck.

Denn das trennt den Mensch vom Gockel:
Erstrer steht auf hohem Sockel,
nie ist er als Zweck zu denken,
als Ursach' tut' er alles lenken,
wie auch schon I. Kant uns lehrt,
welcher manches Huhn verzehrt.

Darum darf man Hühner grillen,
niemals aber Menschen killen.

Oh Mensch, dein Glück: es sind die Gockel
philosophisch solche Trottel ...

Ökumenische Motorradweihe

Ein Prälat aus den Städtchen Bad König,
der weihte 'nen Chopper ganz fröhlich.
Der Papst tat es hören
und ihn suspendören:
Der Chopper, der war evangölisch.

Dichten als Broterwerb?

... hast du einen Dichterknecht,
sind meistens die Gedichter schlecht.

Beispiel:
Bezahlt ward' Becher, dass er preise
Stalin - die Gedicht' sind Scheiße.
(Becher war Kultusminister und Staatsdichter in der Täterä)

Unn noch e hessisch Beischbiel:
De Goede schrieb den „Fausd" umsunschd,
unn wie's so geht – de „Fausd" is Kunschd.

Biergartenhaiku

Es füllt der Frühling
die Gärten und darin sich
die Trinker mit Bier.

Roland Neuhaus

Homepage: http://www.wiehern.de

Wiehern, beißen, treten..
..Freude machen!
Lach mal! Verlag, 1999
ISBN: 3-89811-046-X

Als er das erste Mal auf ein Pferd stieg, war er acht Jahre alt. Als das erste Mal ein Pferd auf ihn trat, war er zehn Minuten älter. So beginnt eine innige Beziehung zwischen dem Autor und den Pferden, die ihm ein ständiges Wechselbad der Gefühle beschert. Amüsant und humorvoll beschreibt er die Erlebnisse und Begebenheiten, die sich im Laufe der Zeit wirklich so zugetragen haben.

Bissig und hintergründig durchleuchtet er die Gepflogenheiten und Riten der Pferdeszene und nimmt auch sich selbst gehörig auf den Arm. Mit manchmal rabenschwarzem Humor vermittelt er die Grundlagen der Pferdehaltung und lebensverlängernde Regeln für den Umgang mit den lieben Tieren und Ihren Reitern.

Voilá - treten Sie ein, in den Alltag eines Pferdepensioninhabers und lachen, lächeln oder schmunzeln Sie ungeniert - und freuen Sie sich, dass Ihnen so etwas erspart bleibt!

Thomas Wedel, Ralf Conrad, Roland Neuhaus

Recht amüsant!
Was Gerichte so urteilen:
Lach mal! Verlag, 2002
ISBN: 3-8311-3983-0

Was Gerichte so urteilen: Amüsantes, Skurriles und Unglaubliches!

Schöne Männer sind vom Vorwurf der sexuellen Belästigung frei zu sprechen, wenn die angeblich Belästigte nur hässlich genug ist..

Wer sein Auto auf der Landebahn einer Toilette parkt, zahlt seinen Schaden zur Hälfte selbst..

Wird versehentlich ein Fremder in Ihrem Familiengrab neben Ihrem verstorbenen Gatten beerdigt, können Sie doch eine Umbettung verlangen, oder..?

So etwas gibt es nicht? Lesen Sie selbst!

Dr. Thomas Wedel sammelte die Urteile, Ralf Conrad skizzierte mit spitzer Feder und Roland Neuhaus verfasste die Kommentare dazu mit einem Augenzwinkern. 46 mal Recht und Gesetz aus dem wahren Leben gegriffen!